LES PETITS COLONS DU JURA

PAR

J. CARMAGNOLA-RICHARD

GENÈVE
J.-H.-JEHEBER
ÉDITEUR

F. LEMAIRE

Les Petits Colons du Jura.

Vacances ! Vacances !

Les

Petits Colons du Jura

par

J. CARMAGNOLA - RICHARD

Avec 34 illustrations par A. RICHARD.

GENÈVE

J.-H. JEHEBER, LIBRAIRE-ÉDITEUR

28, Rue du Marché.

PARIS, Librairie FISCHBACHER, 33, rue de Seine.

GENÈVE

IMPRIMERIE ALBERT KÜNDIG

VIII, 1910

Les Petits Colons du Jura.

Le départ.

Le long des rues qui s'éveillent à peine, on voit s'acheminer plus d'un groupe curieux : un papa ou une maman, tenant d'une main une valise, un sac ou un paquet solidement ficelé, et de l'autre un enfant garçonnet ou fillette, qui trotte de toute la vitesse de ses petites jambes.

A n'en pas douter, ces voyageurs matineux doivent être très pressés.

Où vont-ils ? Ce ne peut être à l'école, car il n'est que six heures du matin, puis, les bagages dont ils sont chargés ne ressemblent guère à des livres ou à

des cahiers, et, du reste, chacun sait que l'école est terminée depuis toute une semaine déjà.

Où vont-ils donc ?

Au port, rejoindre ce grand bateau dont la cloche annonce le départ prochain. Autour de l'embarcadère, ce ne sont plus des groupes isolés, mais une vraie foule qui se presse : des papas, des mamans, des grand'mères aussi, des frères aînés, de grandes sœurs qui accompagnent, jusque sur le bateau, qui un enfant, qui un frère, qui une sœur.

Ils leur aident à caser leur petit bagage et à s'installer eux-mêmes ; ils leur font les dernières recommandations, puis les embrassent encore une fois, deux fois et se retirent vite, car la grosse cloche annonce le départ ; la grande cheminée jette des flots de fumée et la vapeur s'échappe avec un cri strident.

Alors, tandis que le premier tour de roue met en mouvement le bateau, les derniers adieux, les derniers saluts s'échangent en-

tre les petits voyageurs et les parents restés sur le quai.

— Adieu, mon chéri! sois sage! Ecris-
nous bientôt; au revoir!

Et les petites mains se tendent, les mouchoirs blancs s'agitent, tandis que la grande
roue du bateau tourne de plus en plus vite
et que la distance entre les parents et les
enfants se fait de plus en plus grande...

Les voilà partis !

En route !

Le bateau a dépassé les jetées ; le quai de l'embarcadère ne s'aperçoit plus que comme une ligne blanche à l'horizon.

Tous les parents sont retournés dans leurs maisons, prêts à reprendre le travail de chaque jour. Ils sont, il est vrai, un peu tristes de s'être séparés de leurs enfants ; ils vont retrouver la maison bien vide. Mais leur tristesse se change en joie, quand ils pensent que leurs chers petits sont partis pour se faire du bien à la campagne, qu'ils vont jouir du bon air de la montagne, de la saine vie des champs, et qu'ils leur reviendront avec une provision nouvelle de santé et de forces.

A cette heure matinale, les touristes ne

sont pas nombreux sur le bateau qui est presque entièrement occupé par le petit monde enfantin : à l'avant, les garçons, à l'arrière les fillettes.

Tous ces enfants sont plutôt silencieux. Ils s'observent curieusement et promènent autour d'eux des regards chargés d'un peu d'inquiétude, comme lorsqu'on fait un premier pas dans l'inconnu.

La plupart d'entre eux ont de petites figures pâles et amaigries ; ils ont l'air chétif et délicat des plantes qui ont crû sans soleil.

Enveloppés de leurs manteaux, quelques-uns semblent frissonner sous la brise froide du matin.

Des messieurs et des dames, des listes à la main, circulent au milieu de ce petit monde ; ils cherchent à reconnaître tous les enfants qui sont inscrits sur les grandes feuilles.

Un peu à l'écart, sur une valise bien usée, un garçonnet est assis.

Aussi longtemps que le quai a été en

vue, il est resté debout, les yeux fixés sur le mouchoir blanc qu'agitait une jeune femme en grand deuil.

Puis, lorsque le mouchoir n'a plus été visible, l'enfant a ramené autour de lui les plis d'un ample châle noir et il s'est assis sur son petit bagage, les yeux toujours fixés là-bas, où il a vu disparaître le mouchoir agité par la main de sa maman. Il est triste, et malgré lui de grosses larmes roulent sur ses joues pâles.

— Qu'as-tu, gamin? prononce une bonne voix, tout près de lui.

Celui qui adresse cette question au petit désolé est beaucoup plus grand que lui. Il semble presque un homme à l'enfant, qui n'a pas peur, cependant, car le sourire qui accompagne les paroles est bon. Le regard sympathique des yeux bleus le rassure.

— Qu'as-tu? répète le grand garçon.

— Moi? rien.

— Comment rien? Est-ce qu'on pleure quand on n'a rien? Je vois bien ce que tu as, tu as du chagrin, voilà tout.

— Oui, répond le petit avec un gros soupir, tandis que de nouvelles larmes s'échappent de ses yeux.

— Tu es triste d'avoir quitté ta maman, pas vrai?

L'enfant continue à pleurer en silence.

— Est-ce que c'est la première fois que tu te sépares d'elle?

— Oui, balbutie encore l'enfant.

— Je comprends ça! vois-tu. C'est comme moi, la première fois que je suis parti, j'ai bien pleuré aussi, mais j'étais encore petit, dans ce temps-là..... Allons reprend-il avec bonté, il ne faut pas pleurer? On n'est déjà pas si malheureux sur ce bateau, avec ce beau temps. Et puis, tu verras comme on est bien là-haut, à la montagne... Nous nous amuserons ensemble et bientôt tu reviendras vers ta maman. Tu seras content, alors. Un mois c'est vite passé!

— Oh! oui, répond le petit avec un nouveau soupir, en essuyant résolument ses yeux et en regardant son compagnon.

Le grand garçon est pâle aussi; il a grandi trop vite sans doute. Son corps est frêle et chétif, ses épaules affaissées, sa taille légèrement déjetée. A part ces signes de faiblesse, c'est un beau garçon à l'air intelligent et éveillé.

— Comment t'appelles-tu ? demande-t-il au petit.

— Charles.

— Quel âge as-tu?

— J'ai eu sept ans le jour de Noël.

— C'est-à-dire que tu as sept ans et demi. Où demeures-tu?

— A la rue du Temple, en face de la grande église.

— Et ton papa, qu'est-ce qu'il fait?

A cette question, les yeux du pauvret se voilent de larmes et, la voix étranglée :

— Je n'ai plus de papa, dit-il.

Le nouvel ami de Charles regrette presque sa question. Il sent qu'il vient de rouvrir dans le cœur de l'enfant une blessure qui n'est pas encore fermée et, pour effacer cette triste impression, il reprend la conversation en parlant très vite, comme pour forcer l'attention du petit.

— Moi, je m'appelle Emile Renaud, je demeure à la rue de la Fontaine. Mon père est terrassier et ma mère fait des ménages... J'ai eu deux frères, mais ils sont morts il y a longtemps.

J'ai été très malade, il y a deux ans, et ma mère avait peur de me voir mourir comme mes frères ; mais maintenant, je suis tout à fait guéri.

— Moi aussi, j'ai une petite sœur qui est morte ; elle s'appelait Marie-Anne. Je vais avec maman tous les dimanches la voir au cimetière, ainsi que mon papa, depuis qu'il est là-bas...

— Y a-t-il longtemps ? hasarde Emile.

— Non, seulement depuis Pâques. Et la petite figure de Charles s'attriste de nouveau.

— J'aurai bientôt treize ans, reprend Emile, et j'entrerai en apprentissage quand je serai revenu à la ville. J'ai fini mon école et j'ai eu le deuxième prix de ma classe. Tu vas aussi à l'école, toi ?

— Oui, je suis en deuxième primaire.

Pendant l'entretien de nos amis, la glace s'est rompue entre les enfants qui les entourent, et les langues vont leur train sur le grand bateau. Du côté des fillettes, on jase à petit bruit. Les garçons sont moins « jaseurs », mais leur conversation est plus bruyante. Plusieurs amis de classe se sont

retrouvés. Tout heureux, ils s'entretien-
nent de l'école, des Promotions, de leurs
maîtres ; ils se font part des plaisirs qui
les attendent à la montagne et se réjouissent d'être de nouveau ensemble. Lorsque
la cloche annonce le moment de débar-
quer, il ne se trouve plus sur le bateau
aucun visage soucieux.

« Débarquement ! » crie un employé, et
chaque petit voyageur, son bagage à la
main, traverse l'étroite passerelle. Les
voilà tous réunis sur le quai.

Ils forment trois groupes, suivant la
couleur de la décoration qu'ils portent sur
leur vêtement.

Emile et Charles portent les mêmes co-
cardes rouges, et ils entourent, eux aussi,
la maîtresse qui, sa liste à la main, fait
l'appel des noms.

— Présent !... Présent !... répondent les
enfants. Ils sont tous là, les vingt-trois.

— Voici les chars ! dit la maîtresse, et tout
le petit groupe se dirige vers la place, où
deux chars sont arrêtés et les attendent.

L'un est pareil à ceux dont on se sert pour transporter le foin : c'est un « char à ridelles », avec un grand banc de chaque côté.

Tous les enfants s'y installent. Les bagages sont entassés sur l'autre.

Quelle agréable surprise! Au moment du départ, un aimable monsieur offre aux petits colons, ravis de cette bonne aubaine, une grande corbeille pleine de petits pains.

Les deux derniers groupes d'enfants sont aussi prêts à partir, mais dans une autre direction.

On se salue, on se souhaite de bonnes vacances et les chars se mettent en marche aux cris de : « Au revoir! » maintes fois répétés.

Charles a pris place auprès de son grand ami Emile. Il se cramponne à lui, lorsque le char s'ébranlant avec une secousse un peu forte jette les enfants les uns contre les autres. Ils en rient, et, tout en mordant à belles dents dans leurs petits pains, ils regardent le pays qu'ils traversent. Que c'est bon de filer ainsi rapidement, entre les prés en fleurs, les blés verts et les vignes chargées de grappes de raisin, bien petites encore, mais qui n'attendent que le chaud soleil de l'été pour grossir !

Au bout d'une demi-heure, la vitesse des chars se ralentit, car on commence à monter. Le conducteur descend à côté de ses chevaux qui marchent au pas.

Le pays a changé d'aspect ; plus de vignes, peu de champs de blé, mais des pentes boisées, au milieu desquelles on aperçoit de gracieux villages blottis dans la verdure. Nos petits voyageurs n'ont jamais vu pareil spectacle. Ils admirent ce beau pays, si nouveau pour eux, et échangent leurs impressions :

— Est-ce plus haut que le Salève, cette montagne, dis ?

— On dirait le Bois de la Bâtie, mais plus grand !

— Est-il encore loin l'endroit où nous allons ?

— Encore une heure de montée, répond le conducteur qu'amuse le babil enfantin des petits voyageurs.

Et le trajet continue, au pas mesuré des chevaux qui ont de la peine à gravir cette rude côte.

« Le lac ! le lac ! » Ce cri d'admiration s'échappe des vingt-trois petites bouches. Oui, c'est le lac qu'on aperçoit à un tournant du chemin, mais combien lointain ! tout là-bas, au delà des premières pentes et de la plaine verte, semée de bouquets de bois sombres et de villages.

— Vous le verrez mieux encore quand nous serons arrivés, dit le conducteur en désignant, de son fouet, un groupe de maisons, au sommet de la montée. Voilà notre village ! Les enfants poussent un joyeux « Hourra ! » et les chevaux qui se sentent bientôt au bout de leurs

fatigues, hâtent le pas et reprennent un bon trot.

Au bruit des grelots, les ménagères sortent sur le seuil de leurs maisons et se dirigent vers la place du village où elles arrivent juste à temps pour recevoir leurs hôtes.

Mademoiselle est déjà descendue de son char ; elle se prépare à répartir les petits colons dans les diverses familles qui les attendent.

— Mademoiselle ! Une petite main la tire par sa robe et Charles reste tout intimidé devant elle, n'osant formuler sa demande.

C'est Renaud qui prend la parole :

— Nous serions bien contents d'être ensemble dans la même maison, Charles et moi... si cela se pouvait.

La maîtresse considère un instant les deux enfants ; elle jette un regard sur la bonne figure du grand garçon et sur la mine, un peu inquiète, du petit :

— Oui, dit-elle, et elle change un nom

sur la liste qu'elle tient à la main. Les enfants sont vite répartis, et à mesure qu'ils
sont appelés, ils suivent leur nouvelle hôtesse, car c'est bientôt l'heure du dîner.

— Vous me retrouverez, à deux heures,
à cette place, dit la maîtresse.

L'après-midi de ce même jour, toute
notre bande se trouve réunie devant la
maison qu'habite Mademoiselle, qui a quelque peine à reconnaître les petits colons
du matin, dans leur costume de montagne ;
car les habits du dimanche ont été soigneusement mis de côté afin de les con-
server en bon état. La maîtresse n'a plus
de liste à la main.

— Nous allons faire plus ample connaissance, dit-elle. Et elle va de l'un à l'autre.
Chacun des enfants lui dit son nom, en
soulevant son chapeau comme un petit
garçon poli.

— Nous avons un mois à rester ensemble dans cette belle montagne, ajoute Mademoiselle ; j'espère que nous passerons
ce temps agréablement et que vous vous

conduirez comme de sages enfants. Qui le veut ?

Vingt-trois mains se lèvent et de vingt-trois bouches s'échappe la même réponse : « Moi ! moi ! »

— C'est bien. Si, comme je l'espère, chacun tient sa promesse, nous aurons d'heureuses vacances.

— Oui ! oui ! répondent les enfants.

Le voyage de découvertes.

En classe, fuyons la paresse,
La nonchalance, l'oisiveté.
Mais quand pour nous le travail cesse
Donnons essor à la gaîté !

Ainsi chantent nos petits colons, en marchant allègrement et en bon ordre, le long de la route blanche qui conduit à la forêt.

Où vont-ils, de si bonne heure ? Faire un voyage de découvertes, là-bas, dans ces grands bois, qui couvrent le flanc de la montagne et qui semblent leur faire signe.

Les découvertes ne manqueront pas, car tout est nouveau pour la plupart de ces enfants, élevés dans une ville. Jusqu'à maintenant ils n'ont eu pour tout horizon que les maisons de leur quartier, car ils ne vont que rarement se promener dans la campagne.

Voici d'abord, sur une éminence, qui domine la route, un bouquet de hêtres.

Des hêtres! On n'en voit pas en ville, pas même dans les promenades publiques! Les petits colons examinent avec curiosité ces beaux arbres, au feuillage vert. Ils fournissent le bois que l'on brûle en hiver et les faînes qui servent à la nourriture des écureuils.

Les faînes sont vertes encore, mais pour imiter les petits rongeurs, plus d'un garçon se met à les croquer à belles dents.

Que c'est joli, cette place à l'ombre des hêtres! Quelques enfants voudraient bien s'asseoir sur la mousse ou s'étendre dans l'herbe.

Mais ils se rappellent qu'ils sont partis pour un voyage de découvertes, et ils se remettent en route.

Le soleil s'est levé tout là-bas, derrière les montagnes blanches, de l'autre côté du lac. Bien qu'il soit encore tôt, l'astre brillant est déjà haut dans le ciel et ses rayons sont très chauds.

Un sentier ombragé serpente au pied de la montagne; notre petite troupe s'y engage.

De très grands arbres, des sapins et des hêtres, bordent ce chemin; leurs troncs élevés semblent se rejoindre en un dôme qui laisse passer, entre les branches, de la lumière et des taches de soleil.

« Une fraise! deux! trois! »

Des exclamations joyeuses retentissent de toutes parts, et les petits colons, rangés jusqu'ici en ordre de marche, rompent les rangs et se dispersent dans toutes les directions. Des fraises! Quelle charmante découverte et quel délicieux régal! A mesure que l'on monte, il semble qu'il y en a davantage. On voudrait s'arrêter, faire une cueillette, mais Mademoiselle ne le permet pas.

— Continuons notre route, dit-elle, nous trouverons certainement, plus haut encore, des fraises et peut-être même des framboises.

Des framboises !

— C'est bon, n'est-ce pas, les framboises, s'écrie joyeusement le petit Charles, en venant reprendre sa place auprès de son grand ami.

— Si c'est bon !.. tu n'en as donc jamais mangé ?

— Peut-être, mais je ne m'en souviens pas... On les achète au marché, n'est-ce pas ?

— Oui, mais on les cueille à la montagne.

Le sentier n'est plus ombragé; il monte, il monte encore pendant plus d'une heure et débouche enfin dans une grande prairie, toute remplie de fleurs de la montagne : des œillets roses, des gentianes jaunes ou bleues, des astrances blanches.

— Voici un pâturage, dit Mademoiselle, en s'asseyant sur un tronc d'arbre creusé, qui ne contient que très peu d'eau.

— Un pâturage !.. Où sont les animaux ?

La réponse ne se fait pas attendre; de belles vaches, blanches et brunes sortent du chalet avec leurs petits veaux. Elles regardent les jeunes voyageurs, de leurs gros yeux étonnés, puis elles se mettent à brouter. Deux pâtres accompagnent le troupeau.

Ils sont vêtus d'une petite veste à manches courtes, comme les armaillis.

Les enfants les regardent avec admiration.

— Que ce doit être beau de vivre là, sur la montagne, au milieu du pâturage! s'écrie Emile Renaud en s'approchant des bergers.

— Oui, répond le plus âgé, il fait bon vivre sur la montagne dans la belle saison. Mais quand le temps devient mauvais, quand il pleut ou que nous sommes dans les brouillards, c'est moins agréable. Et le vieux pâtre raconte aux enfants très intéressés, la vie des bergers, leur départ du village avec les troupeaux au printemps, leurs séjours de plusieurs mois sur

la montagne. Il leur explique qu'ils sé-
journent d'abord dans les pâturages infé-
rieurs, puis montent sur les sommets les

plus hauts à mesure que la température se réchauffe.

Qu'elle est belle cette nouvelle découverte de nos colons! Les troupeaux dans la montagne, les pâturages et les gentils bergers!

— Si nous voulons trouver des framboises, il faut partir, dit Mademoiselle.

— Nous reviendrons ici. Au revoir bergers! s'écrient les enfants en agitant leurs chapeaux.

Encore une heure d'ascension, et nos premiers colons se trouvent en face d'un vaste champ de buissons épineux chargés de jolis fruits rouges. Ce sont les framboises; qu'elles sont belles et bonnes! Avec quel plaisir chacun s'occupe de sa propre récolte! Il fait très chaud; les branches des buissons piquent les mains et égratignent les visages. Qu'importe? Ils ne sentent ni chaleur, ni égratignures, les petits colons du Jura. Ils se régalent. Ceux qui n'ont pas encore mangé le pain qu'ils ont emporté avec eux le mangent avec des framboises. Quel repas délicieux ! Mademoiselle jouit de la joie de son petit monde, elle aussi a sa part du régal des enfants : Emile Renaud a fait d'une grande feuille une jolie coupe qu'il remplit des fruits les plus beaux pour les lui offrir. Charles voudrait bien donner quelque chose... Mais les framboises sont si belles, il les trouve si bonnes, qu'elles prennent le chemin de sa petite bouche au lieu de celui de la feuille verte qui reste vide dans sa main.

Les meilleures choses ont une fin, même la récolte des framboises. A l'appel de Mademoiselle, chacun se hâte d'en cueillir encore quelques-unes et c'est la bouche pleine et la figure barbouillée de jus que nos petits amis se remettent en rangs sur le chemin. Il est onze heures et il faut se hâter de redescendre pour le repas de midi.

La descente est plus facile que la montée.

On a abandonné les sentiers pour re-

joindre la route et c'est au pas redoublé
que la petite bande marche en chantant :

> Enfant de la montagne
> J'aime ce beau pays !

La lettre.

C'est vendredi : le jour des lettres.

La salle à manger de la pension de Mademoiselle est transformée en « salon de correspondance ».

Autour de la grande table, les petits garçons écrivent.

Ils ne sont pas tous là ; mais ils viennent, les uns après les autres, en plusieurs escouades, pour donner de leurs nouvelles à leurs chers parents.

Emile et Charles sont assis l'un à côté de l'autre.

Emile vient d'achever sa lettre ; il l'a communiquée à Mademoiselle, qui a souri en la lisant.

Maintenant, il l'a enfermée dans l'enveloppe, qu'il a collée soigneusement et sur laquelle, de sa belle calligraphie appliquée, il écrit :

Monsieur et Madame Renaud,

> *rue de la Fontaine,*
> *Genève.*

Soudain il entend un gros soupir, poussé à côté de lui. Il tourne la tête, et le grand garçon voit son petit ami tout triste.

— Tu es bien heureux, toi, murmure Charles en soupirant une seconde fois.

— Ah ! je comprends, pauvre mioche ! tu voudrais aussi écrire à ta maman... Pourquoi ne le fais-tu pas, comme les autres ?

— Voilà ! je voudrais bien, mais... je ne sais pas encore écrire une lettre...

— C'est là tout ton chagrin ? Eh bien ! je vais t'aider. Tu me dicteras ce que tu veux dire à ta maman et je l'écrirai.

Mademoiselle a entendu cette conversation et elle dépose une belle feuille de de papier toute blanche devant Emile, qui commence à écrire :

Le Jura, 28 juillet.

— Que mettrai-je à présent ? Dis-moi tout, et j'écrirai à mesure.

— « Ma chère maman que j'aime bien.
« Je suis très content d'être à la montagne.
« J'ai bien un peu pleuré sur le grand ba-
« teau parce que tu n'étais plus avec moi,
« mais à présent j'ai un très bon ami, bien
« gentil, plus grand que moi. Il s'appelle
« Emile; nous sommes dans la même maison.

« Mademoiselle est très bonne pour nous
« tous. Elle a des yeux qui rient quand nous
« sommes sages et qui deviennent tout
« grands et tout noirs quand elle gronde.
« Mais elle ne gronde pas souvent.

« Louis Luquin, un voisin de notre rue,
« m'a donné une plaque de chocolat; il est
« gentil.

« On mange à la montagne des fraises et

« des framboises qui sont très bonnes et
« qui ne coûtent rien : on peut les prendre
« sans rien payer ; c'est beau, ça.

« Je pense que tu es bien, ma chère
« maman, et que le magasin ne te donne
« pas trop d'ouvrage, et que tu n'es pas trop
« fatiguée. Quand tu iras voir ma petite
« sœur, et le pauvre cher papa, dis-leur
« que je les aime toujours.

« J'ai fini, je t'embrasse sur les deux
« joues, quatre fois.

                    « Ton petit garçon. »

— Elle m'appelle Charlot, tu sais, ex-
plique-t-il à son ami, tandis qu'il signe lui-
même de sa grosse écriture enfantine :
« Charlo ».

— Mets encore une chose, veux-tu ?...

« C'est mon grand ami Emile qui a écrit
« la lettre, mais c'est moi qui ai tout dit.

— Et puis encore :

« Je prie tous les jours le bon Dieu pour
« toi, comme tu m'as dit. »

— C'est tout ?

— Oui, tout, répond Charlot avec un joyeux regard.

Alors Emile plie la feuille de papier, la glisse dans une enveloppe et écrit l'adresse :

Madame Bernard,
Rue du Temple,
Genève.

Mademoiselle colle sur chacune des enveloppes un beau timbre rose de dix centimes et les amis partent, tout joyeux,

pour les jeter dans la boîte noire du bureau postal.

— Elle l'aura bientôt, ma lettre? encore aujourd'hui, n'est-ce pas ?...

— Non, pas aujourd'hui, mais demain, dans la matinée.

— Demain, seulement ! comme c'est long ! Mais elle sera contente, je crois, ma bonne maman.

— Sans doute.

Et tout le reste de cette journée, Charlot ne pense plus qu'à la lettre qui voyage pour aller consoler et réjouir une pauvre mère en deuil.

Le repos dans la clairière.
Le jeu de l'arc.

Elles sont bien agréables les longues courses dans la montagne. Mais on ne peut pas toujours marcher et escalader les pentes.

Il fait si chaud, l'après-midi surtout, que nos colons n'ont qu'un désir : rester à l'ombre en s'occupant à quelque jeu tranquille.

Mademoiselle a prévu cela, et elle a apporté avec elle de beaux livres, qu'elle leur lit de temps en temps.

Mais le plus souvent, et c'est ce que les enfants préfèrent, Mademoiselle raconte des histoires qu'elle ne trouve pas dans des livres, mais qui intéressent beaucoup son petit auditoire.

— Où Mademoiselle peut-elle bien trouver ces histoires-là ? se demande plus d'un garçon ; ça lui est peut-être arrivé, ce qu'elle raconte...

Mais on ne peut pas toujours lire, raconter et écouter. L'enfance a besoin de mouvement.

— Que diriez-vous de jouer une pièce historique ? demande un jour Mademoiselle, après avoir lu à ses garçons la belle et émouvante histoire du héros de la Suisse primitive, Guillaume Tell.

— Jouer une pièce historique !!

Les yeux des petits s'ouvrent tout grands d'étonnement. Jouer à la balle, à saute-mouton, au gendarme et au voleur et à beaucoup d'autres jeux, ils savent ce que cela veut dire, mais jouer une pièce historique ?...

Les plus grands comprennent un peu déjà, car ils ont eu des leçons d'histoire à l'école, mais ils ne saisissent pas très bien la pensée de la maîtresse.

— Voici, dit-elle en souriant de l'effarement des petits, nous mettrons en action l'histoire que nous venons de lire. Par exemple, un de vous, un des grands, sera Guillaume Tell, un autre Werner Stauffacher, un petit le fils de Tell, et un des aînés Gessler. Nous répéterons la scène du chapeau, celle de l'arrestation de Guillaume Tell, celle de la pomme et ainsi de suite, jusqu'à la fin du récit.

— Bravo ! bravo ! s'écrient les enfants enthousiasmés en battant des mains.

Une objection s'élève cependant dans leur groupe.

— Mais nous ne pourrons pas jouer toute l'histoire ; nous n'avons pas d'arcs, ni de flèches.

— Vous en aurez, dit Mademoiselle.

— Mais où en achèterons-nous ? il n'y a pas de magasins dans la montagne.

— Vous les ferez vous-mêmes, et pour commencer vous allez me chercher des branches minces et flexibles pour fabriquer les arcs, et des baguettes moins longues et plus fermes pour tailler les flèches.

Et la petite troupe s'éparpille dans toutes les directions.

Avant que l'après-midi soit terminée, il y a presque autant d'archers que de colons. Les grands avaient aidé aux petits et le soir, après de multiples exercices dans la clairière, c'est un vrai corps d'archers qui rentre au village.

Dès ce jour, les exercices du jeu de l'arc font fureur, non seulement parmi les colons du Jura, mais aussi parmi les enfants du village. On organise des concours.

Mademoiselle délivre aux vainqueurs des prix qui consistent en de beaux rubans de couleur pour porter l'arc en bandoulière.

Emile Renaud est un des plus habiles archers de la troupe.

Charlot, lui, ne sait pas encore tirer, mais il s'emploie avec zèle à courir pour ramasser les flèches lancées par son grand ami Emile et par Louis Luquin, son voisin de la ville qui lui a donné la plaque de chocolat.

Les exercices du jeu de l'arc, les con-

cours des archers ne font cependant pas
oublier la pièce historique qui en a donné
l'idée. Chaque jour, pendant le repos dans
la clairière, les jeunes acteurs improvisés
répètent leurs rôles avec ardeur.

Emile Renaud fait un très bon Guillaume
Tell. Il a une allure d'une belle indépen-

dance et des paroles pleines de fierté pour
répondre aux valets du duc qui veulent
l'obliger à saluer le chapeau. Et quand
Gessler paraît, c'est avec une noblesse res-

pectueuse d'abord, hautaine ensuite qu'il répond à l'arrogance du tyran.

Ce rôle est rempli par Louis Luquin, un grand garçon au visage sévère, aux cheveux rouges, mais au cœur bon.

Le plus raisonnable de la bande, Lucien Franel, représente Werner Stauffacher, et le fils de Tell est notre petit ami Charles.

Autour de ces principaux personnages, se groupent les autres colons qui ont tous leur rôle à remplir comme amis de Tell, citoyens d'Uri ou soldats de la suite de Gessler.

Les répétitions se succèdent avec un entrain qui ne se lasse pas, l'action marche d'une façon très satisfaisante, et l'on ne parle de rien moins que d'offrir, avant la fin du séjour, une représentation aux habitants du village, aux « parents adoptifs de l'été », comme se plaisent à les appeler les enfants de Genève.

Le petit infirme.

Tout à l'extrémité du village, du côté des bois, s'élève une maisonnette qu'entoure un jardin minuscule : des herbes potagères, quelques rosiers sauvages, deux ou trois arbres fruitiers.

Près de la porte, de grandes plantes de tournesol en fleurs, s'inclinent à tout vent, saluant d'une belle révérence les promeneurs qui passent par là.

Nos amis se sont quelquefois arrêtés devant cette petite maison aux volets mi-clos, au jardinet bien entretenu et aux tournesols géants.

C'est une des rares habitations du village qui n'ait pas reçu de petits colons pendant les vacances.

— Qui peut bien demeurer là ? se sont-
ils, plus d'une fois, demandé en passant.

Mais voici qu'un matin les volets de la
maison mystérieuse sont ouverts. De la
literie est exposée aux fenêtres, et l'on
entend des voix dans le jardin.

Nos amis s'avancent aussi doucement
que cela leur est possible, et regardent à
travers les lattes d'une palissade de bois
qui sert de portail.

Deux femmes sont là, une personne
âgée, une grand'maman, sans doute, et
une femme à l'air jeune encore. Elles se
tiennent debout, auprès d'une sorte de
chaise longue installée non loin des plantes de tournesol.

Sur cette chaise longue est couché un
enfant d'une douzaine d'années, très mai-
gre et très pâle, mais à l'air heureux, car
il sourit à celle des deux femmes qui doit
être sa mère.

Les plus grands de nos colons se sont
arrêtés sur le chemin, en attendant Mademoiselle qui arrive avec les cadets. Ils ob-

servent ce qui se passe de l'autre côté de
la palissade, dont les lattes sont assez es-
pacées pour qu'ils soient vus du jardin
comme ils voient eux-mêmes. De part et
d'autre, on s'examine avec curiosité.

Le petit malade regarde en souriant le
groupe des enfants qui stationne sur le
chemin.

La vieille grand'maman, qui est sans
doute dure d'oreille, ne les a pas entendus
venir ; mais, en suivant le regard de l'enfant malade, elle découvre les petits curieux que Mademoiselle rejoint en ce moment.

— Si vous voulez entrer, nous serons
contents de vous voir et la visite de ces
jeunes gens fera grand plaisir à notre Justin, dit la vieille dame en ouvrant la palissade toute grande.

Nos colons, en garçons polis qu'ils sont,
saluent en levant leurs chapeaux.

— Merci de votre aimable invitation, dit
gentiment Mademoiselle. Nous l'acceptons
volontiers, mais pour plus tard, si vous

4

voulez bien. Le temps est si peu sûr, ces jours, que nous désirons profiter de cette belle matinée pour faire une course au pied des bois. Si nous sommes de retour assez tôt, nous ferons notre visite à votre petit-fils, que vous saluerez de notre part en attendant.

Après un nouveau salut et des signes amicaux à Justin et à sa mère, notre bande, en bon ordre, reprend son pas de promenade.

Le temps est magnifique, ce matin ; le ciel est très pur, de ce bleu vif des jours d'orage, sauf au-dessus de la montagne où traînent quelques nuages menaçants.

A mesure que l'on s'élève, on distingue très nettement les villages de la plaine, puis le lac et les Alpes qui se dessinent sur l'azur du ciel avec une netteté parfaite.

Nos amis ont souvent vu ce panorama admirable, mais ils ne peuvent se lasser de le contempler et ils s'arrêtent d'eux-mêmes, en face de ce spectacle unique.

— Que c'est beau ! s'écrie Georges Palet. Je voudrais savoir peindre comme mon père pour faire un tableau de ce qu'on voit d'ici.

— Cela vaudrait la peine ! affirme le pratique Louis Luquin. Un tableau comme celui-là, tu pourrais le vendre cher !

— Toutes ces montagnes et le lac pourraient-ils entrer dans un tableau ? Le pays est si grand et les montagnes sont si hautes ! demande Maurice Bladé.

— Bien sûr, reprend l'artiste de la bande. Tu vois tout ce paysage avec tes yeux qui ne sont pas grands ; tu peux le voir aussi d'une petite fenêtre pas plus grande qu'un cadre ; on peut donc le faire entrer tout entier dans un tableau. Je ne comprends pas très bien comment, mais je sais que cela se peut...

— Nous en demanderons l'explication à Mademoiselle, dit Alfred Latour, qui a suivi l'entretien ; je crois qu'elle sait tout et qu'elle peut tout nous dire.

— Les montagnes ont-elles toutes des noms ? demande Paul Bertin.

— Sans doute, explique Louis Luquin. Celles qui s'élèvent en pointes portent le nom de « dents », comme la dent du Midi, la dent de Morcles ; nous avons appris cela à l'école.

— La plus haute de toutes les montagnes, c'est le Mont-Blanc, dit Léon Martin. Regardez-la bien ; n'y voyez-vous pas un profil ? Je ne me souviens plus à qui il ressemble, mais je me rappelle qu'on dirait une figure...

— Oui. C'est la figure de la reine d'Angleterre !

— De la reine d'Angleterre ! quelle idée ! s'écrient en chœur les colons. Qui t'a dit cela, Charles Bernard ?

— Je ne me souviens pas, mais je le sais quand même, réplique Charlot, piqué qu'on puisse mettre en doute sa science géographique.

— Je crois plutôt que cette figure doit être celle du président de la Confédération, dit Maxime Calame.

— Vous n'y êtes pas, mes petiots, dit

Louis Luquin. Cette figure, couchée là-bas au sommet du Mont-Blanc est celle de Napoléon Ier.

— Na-po-lé-on premier! Qui est-ce?

— Vous ne le connaissez pas, ni moi non plus, car il y a longtemps, un siècle, qu'il a vécu. C'était un grand général et il est devenu l'empereur des Français. Il a fait de nombreuses guerres, et l'on raconte que ses soldats, qui avaient pour lui une très grande admiration, crurent en traversant les Alpes, voir son visage dans le profil qui forme la crête du Mont-Blanc.

Cette leçon improvisée en face des Alpes blanches, en reste là pour le moment, et la promenade se continue au pied des grands bois où chacun trouve encore des fruits succulents à manger avec son pain.

Tous nos colons choisissent aussi les fleurs les plus belles dont ils font une gerbe qu'ils offriront à leur nouvelle connaissance, Justin le jeune infirme. Ce n'est que vers la fin de l'après-midi que Mademoiselle reparle de la visite projetée.

— Vous serez très sages, recommande-t-elle aux plus petits de ses garçons qu'elle laisse dans le verger, sous la surveillance de son hôtesse.

— Venez avec moi, dit-elle aux aînés ; prenez garde de ne pas être trop bruyants auprès du jeune malade, car vous le fatigueriez ; nous ne resterons pas trop longtemps pour ne pas l'agiter.

Nos amis sont impatiemment attendus. Ils en jugent par l'accueil chaleureux de la grand'maman.

— Nous avons déjà rentré notre Justin, explique-t-elle, car nous craignons pour lui la fraîcheur du soir. Il sera très content de vous voir, tout de même.

Sur un signe de Mademoiselle, Lucien Franel, Emile Renaud et Louis Luquin l'accompagnent seuls dans la maison. Justin est toujours étendu sur sa chaise longue, placée à côté de la fenêtre. Il tend affec-

tueusement la main aux garçons qui sont
entrés avec Mademoiselle.

— Asseyez-vous, je vous prie, dit la
maman en avançant des chaises aux visiteurs.

— Va-t'en Casimir, s'écrie la grand'mère
qui offre à Mademoiselle le fauteuil près
de la chaise longue.

Casimir, un gros chat jaune et blanc, se
retire à regret pour faire place à Mademoiselle.

Et la conversation s'engage entre les
enfants et les grandes personnes.

— Vous êtes, sans doute, la maman de
Justin, dit Mademoiselle à la plus jeune
des deux femmes. Je l'ai tout de suite de-
viné à la façon dont cet enfant vous regardait ce matin.

— Oui, il m'aime bien ; il nous aime
toutes deux, notre Justin. C'est un si brave
enfant qui a supporté sa maladie avec tant
de patience.

— Quelle maladie était-ce ? demande
Emile Renaud.

— Je ne me rappelle pas le nom que lui ont donné les médecins, le mal était dans la hanche. Il y a longtemps quē Justin n'a pu poser ses pieds à terre.

— Une coxalgie peut-être? dit Mademoiselle.

— Oui, je crois bien que c'est ce nom. C'est très long, cette maladie ; mais à présent, l'enfant est mieux, heureusement. Le docteur nous fait espérer sa guérison, explique la mère.

— J'en suis très heureuse pour vous, Madame, et aussi pour la grand'maman de Justin.

— Je ne suis pas la grand'mère du petit, interrompt la dame âgée : elle est morte, il y a longtemps, ma pauvre fille. Je suis la grand'mère de la mère de Justin. Comme vous voyez, je suis une très vieille femme : aux prochaines semailles, il ne me manquera que neuf ans pour avoir cent ans.

— Quatre-vingt-onze ans! quel bel âge! ne peut s'empêcher de s'écrier Lucien Fra-

nel, qui s'est levé respectueusement devant l'aïeule.

— C'est un bel âge, si vous voulez, oui,
reprend l'arrière-grand'mère en hochant
sa tête blanche. J'ai vu beaucoup de choses
pendant ma longue vie : j'ai eu bien des
chagrins, mais aussi bien des joies. L'amitié de mon cher arrière-petit-fils est probablement la dernière que j'éprouverai.

— Ce ne sera pas la dernière, répond
Justin, avec un regard chargé d'affection à
à l'adresse de l'aïeule. Vous accomplirez
votre siècle, vous verrez, grand'mère :
Alors je serai grand et je marcherai !

— Ce sera comme Dieu voudra ! Il faut
avoir confiance en Lui.

— Que c'est aimable à vous d'avoir
pensé à m'apporter ces belles fleurs, disait un moment plus tard Justin en con-
templant la grande gerbe qu'Emile Renaud
avait posée sur ses genoux en entrant dans
la chambre. Je les aime tant, nos belles
fleurs du Jura, et quand je les regarde
ainsi, une à une, je revois chaque endroit

où je sais qu'on les trouve, et il me semble y être moi-même ! Ces œillets rouges,
par exemple, croissent au pied des bois,
non loin du grand bouquet de hêtres en
dessous du réservoir, n'est-il pas vrai ?
C'est là qu'on trouve les plus beaux.

— Précisément ! Nous les avons cueillis
ce matin au retour de notre promenade.

— Ces gentianes bleues viennent du pâturage qui entoure les premiers chalets,
et ces astrances blanches bordent le sentier qui conduit à la première clairière au-
dessus de ces chalets.

— C'est juste, s'écrie Lucien Franel
avec admiration. Connaissez-vous de la
même manière toutes les fleurs que vous
rencontrez ?

— Oui, presque toutes.

— Vous vous souvenez de leurs noms ?

— Oui. Je les ai étudiés avec mon maître, qui est très fort en botanique. Quand il
voit qu'un élève s'intéresse à cette branche, il lui enseigne volontiers tout ce qu'il
sait.

— Mais ce n'est pas en classe qu'il vous a donné cesleçons-là.

— Oh non ! c'était au cours de nos promenades.

— Vous avez fait des promenades avec votre maître ?

— Oui, très souvent. Nous étudiions avec lui la flore de chaque saison. Nous faisions de si belles courses ensemble, et nous étions si joyeux ! Il y a longtemps, ajoute le petit infirme avec mélancolie, que je n'ai plus fait d'excursions. Mais mon bon maître vient me voir et il me raconte beaucoup de choses...

— Vous retournerez dans la montagne, vous verrez, et peut-être une autre année irons-nous ensemble cueillir les belles fleurs du Jura, dit affectueusement Emile Renaud en caressant la main pâle qui joue avec des branches de graminées.

— Vous reviendrez me voir ici, n'est-ce pas ? reprend Justin, qui a chassé toute tristesse. Savez-vous que j'aimerais bien serrer la main à vos amis qui jouent devant

la maison. Dites - leur d'entrer, voulez-
vous ?

Louis Luquin transmet le message de
Justin à ses compagnons, qui s'empressent
d'entrer.

— Je vous remercie de tout mon cœur
pour vos belles fleurs, dit le petit malade
en tendant la main à chacun des arrivants.
Quand je serai dans le jardin, vous vien-
drez tous me voir, si Mademoiselle vous le
permet ; ce sera un si grand plaisir pour
moi !

— Pour nous aussi ! s'écrient nos amis
en prenant congé de leur nouvelle connaissance.

Dans le clocher.

C'est bien la plus jolie église de toute la région que celle du village où se trouvent nos petits colons.

Perchée au sommet d'une pente boisée, elle domine toute la plaine. Autour de l'église, s'étend le cimetière, en pente, lui aussi, paisible enclos planté de croix, couvert de fleurs où dorment les anciens de la commune et les jeunes retirés avant l'âge.

L'église et le cimetière sont le domaine de prédilection de notre ami Louis Luquin qui a été reçu dans la famille du sacristain, le vieux Jérôme.

Celui-ci habite une maisonnette, non loin de la place de l'église, avec sa belle-fille, qui est veuve, et ses quatre enfants.

Chaque jour, dès la première heure, on peut voir le vieillard balayer la place de

l'église, essuyer les deux bancs, placés de chaque côté de la porte qu'il époussette soigneusement. Au commencement de son

séjour, Louis Luquin accompagnait le vieux
Jérôme dans sa tournée matinale et le regardait attentivement vaquer, avec conscience, à ses devoirs de sacristain. Après
quoi, sans rien dire, il venait s'asseoir à
côté du vieillard sur le banc qui entoure le
tronc du vieux tilleul.

Ce tilleul, plusieurs fois centenaire, c'est
la gloire du sacristain et de tous les villageois qui le montrent avec orgueil.

Jérôme, lui, ne parle pas beaucoup; il
contemple cet arbre qui connaît l'histoire
de chaque famille de ce village. Car il a
vu les arrière-grands-parents, les grands-
parents et les contemporains aux jours de
leur enfance; il les a vus entrer dans
l'église au jour de leur mariage; il les a vus
aussi se coucher dans la tombe.

En pensant à toutes ces choses, Jérôme
secoue gravement la tête. Quelquefois, on
l'entend fredonner ce chant qui lui est
cher :

O vieux tilleul, ô roi de la colline,
J'aime à te voir reverdir au printemps !

— Monsieur Jérôme ?

C'est Louis Luquin qui adresse la parole au vieux sacristain, assis sous le tilleul.

— Quoi donc, mon enfant ?

— Si vous vouliez, monsieur Jérôme, je pourrais très bien le faire, pour vous aider un peu.

Louis Luquin s'exprime mal... Quand il a pris la résolution d'offrir ses services à M. Jérôme, cela lui a paru tout simple et très naturel. Maintenant, que c'est le moment de parler, les paroles ne lui viennent pas.

— Faire quoi ? demande le vieillard étonné de cette proposition à laquelle il ne s'attendait pas.

— Balayer la place, ôter la poussière, ramasser les feuilles tombées, tout ce que vous voudrez, monsieur Jérôme, pour vous aider un peu.

Le vieillard réfléchit un instant, les yeux fixés sur l'honnête visage de Louis Luquin qui reste là, tout intimidé, attendant une réponse.

— Vois-tu, mon garçon, je ne cède pas volontiers mon travail à un autre. Je désire que les choses soient bien faites, avant tout.

— Je comprends, monsieur Jérôme. Je ne ferai que ce que vous me direz et je serai si content de vous être un peu utile. Vous voulez bien essayer de m'employer, n'est-ce pas ? Vous verrez que vous ne vous en repentirez pas, monsieur Jérôme.

— Pourquoi pas ? murmure le vieillard après un moment de sérieuse réflexion. Puis, à haute voix :

— Il y a une cinquantaine d'années que j'entretiens la place de l'église et personne n'a jamais pu y voir ni poussière, ni ordure. Il y a un demi-siècle que j'époussette les bancs du temple et les marches de la chaire, et c'est toujours moi qui ai sonné les cloches pour appeler les fidèles au culte du dimanche, pour annoncer les baptêmes et les mariages ou les services des morts. Tu comprends, n'est-ce pas, que je désire que tout cela continue à être bien fait ?

5

— Cela sera toujours très bien fait, monsieur Jérôme. Vous n'aurez qu'à me dire ce que vous voudrez que je fasse et je vous obéirai exactement ; cela vous va-t-il ?

— Essayons, essayons. Et puisque tu es si bien disposé, va chercher, pour commencer, les deux arrosoirs que tu trouveras dans le petit hangar. Tu iras les remplir à la fontaine et tu me les apporteras.

— La journée promet d'être chaude, dit-il un moment plus tard, en ouvrant la porte du champ du repos et en faisant passer devant lui Louis Luquin chargé de ses deux arrosoirs. Nous allons donner un peu d'eau aux fleurs de mes tombes avant l'ardeur du jour. Vois-tu, mon garçon, ce qui m'est le plus pénible à mon âge, c'est encore de porter ces gros arrosoirs ; ils sont lourds et je ne suis plus très fort. Et pourtant, j'aime que les fleurs de mes chers morts soient toujours belles et fraîches.

Sous les ordres du vieux Jérôme, Louis Luquin arrose les deux tertres fleuris ; il redresse les branches courbées, coupe les roses flétries.

— Je sais bien qu'eux ne sont pas là,

mais j'aime à entourer leurs dépouilles mortelles de tous mes soins, ajoute le vieillard en essuyant une larme qui roule sur sa joue ridée.

Louis a reporté les arrosoirs dans le hangar.

Quand ils se retrouvent de nouveau sur la place de l'église :

— Je te remercie, mon garçon, dit Jérôme, tu m'as rendu service déjà ce matin.

— Cela me fait grand plaisir, Monsieur. Au revoir.

Et, tout courant, Louis Luquin va prendre son déjeuner avant de rejoindre les colons devant la pension où demeure Mademoiselle.

Dès ce jour, chaque matin, entre six et sept heures, le vieux Jérôme ne vaque plus seul à ses occupations autour de l'église.

Louis Luquin l'accompagne toujours. C'est lui qui s'est chargé du balai, du torchon et des arrosoirs, et c'est lui qui balaie, époussette ou arrose, sous la direction du vieux sacristain,

Il est content, notre ami, car rien ne met plus de joie au cœur que le sentiment d'alléger une peine.

Il est un travail, cependant, pour lequel le vieux Jérôme n'a pas encore voulu

accepter les offres de son « aide de camp »,
et c'est le service du clocher, ardemment
convoité par notre ami Louis.

Le clocher! Pour Louis Luquin, ce nom
renferme à lui seul tout un monde de féli-
cités !

Soit qu'il le contemple depuis la route
en dessous de la colline où s'étage le village, soit qu'il l'observe depuis la place
de l'église, le clocher est l'objet de tous
les rêves de notre ami. Mais ce n'est ni sa
tour aux pans égaux, percée de fenêtres en
ogives, ni le clocheton qui la surmonte, ni
même le coq doré qui lui sert de girouette,
qui intéressent notre garçon au plus haut
degré. Ce sont les cloches qu'il peut apercevoir par les fenêtres de la tour : la
grande cloche et la petite. Il a pu les contempler dans leurs ébats le dimanche
avant le culte du matin.

— C'est Jérôme qui sonne les cloches,
a-t-il dit au petit Maxime Calame, qui est
dans la même famille que lui. Si seulement je pouvais, moi aussi, monter dans

la tour et voir les cloches de près, je serais
le plus heureux des garçons !

Cette confidence est interrompue par
l'arrivée de la petite bande des colons, et
aux derniers accords du son des cloches,
tout le monde entre dans l'église. Depuis
ce jour, Louis Luquin n'a plus qu'un désir :
faire l'ascension de la tour du clocher.

Le lundi, ponctuellement, il passe la
première heure de la journée à aider le
vieux Jérôme. Il balaye l'intérieur de
l'église ; il promène son torchon sur tous
les bancs ; il monte les degrés de la chaire
qu'il époussette avec soin.

— Cela va très bien, dit Jérôme, qui semble enchanté d'avoir un aide actif et intelligent.

« S'il pouvait monter au clocher », se dit
Louis Luquin ! Mais l'horloge sonne sept
heures et demie.

— Va déjeuner, mon garçon, il ne faut
pas te mettre en retard.

Pour cette fois encore, Louis Luquin
n'entrera pas dans la « chambre des clo-

ches », comme il appelle le sanctuaire, objet de ses rêves. Il connaît très bien le
chemin qui y conduit.

Samedi, avec Jérôme, il a balayé l'escalier qui monte à la tour et il s'est arrêté,
le cœur battant d'émotion, devant la porte
qui donne accès à la chambre des cloches,
une grande porte peinte en vert, avec deux
barres de fer et une énorme serrure.

— Que ce doit être difficile d'entrer là-
dedans ! s'est dit notre petit ami.

Quelques jours se sont écoulés depuis
lors.

Louis Luquin s'est adonné avec ardeur
aux différents jeux des colons, il a fait sa
partie dans la pièce historique ; il a joui de
tout son cœur des courses dans la montagne ; mais tout cela ne lui a point fait oublier son devoir de chaque matin et son
rêve de tous les moments.

Précisément aujourd'hui, il apporte à
Jérôme une aide très précieuse pour le
vieux sacristain.

— Puisque tu es là, lui dit celui-ci, j'en

vais profiter pour te faire laver les marches de l'escalier du clocher. Il y a si longtemps que je n'ai pu faire moi-même ce
travail, qu'elles en ont vraiment grand besoin.

Plus serviable que jamais, Louis Luquin
arrive au pied de l'escalier avec un grand
baquet plein d'eau, du savon, des brosses,
tout le matériel nécessaire à la grave opération.

— Tu nettoieras marche après marche ;
en te dépêchant, une heure sera plus que
suffisante pour le travail que tu as à faire.
Ne perds pas ton temps ; je te laisse pour
m'occuper en bas, dit le sacristain en se
retirant.

Quand Louis a entendu le bruit des pas
du vieillard se perdre au bas de l'escalier :

— Dire qu'elle sont là, mes chères cloches ! murmure-t-il, en montant les marches qui le séparent de la grande porte
verte, bardée de fer. Que je voudrais les
voir de près, une minute seulement ! Et il
s'avance près de la serrure formidable, es-

pérant apercevoir quelque chose de l'intérieur du clocher. Il s'appuie contre la porte.
O bonheur ! elle a bougé !

— Je crois qu'elle n'est pas fermée à
clef, se dit-il en la secouant doucement.

Est-ce possible ? Non, elle n'est pas fermée, et tout naturellement, sous l'effort de notre ami, la grosse porte tourne sur ses gonds.

Tout ému par cette découverte, notre Louis reste devant la porte entrebâillée, immobile, la respiration haletante, comme s'il avait commis un méfait.

Ce n'est qu'au bout d'un moment qu'il peut réaliser le bonheur qui lui arrive. A pas de loup, il se glisse doucement dans l'entrebâillement de la porte.

Le voilà enfin dans ce lieu où il a tant désiré entrer. C'est une chambrette qui n'a rien d'extraordinaire : quatre murs nus, blanchis à la chaux, et au plafond deux cloches suspendues, une grande et une petite. Du sommet de chacune d'elles, tombe une grosse corde qui s'enroule sur le plancher.

Que s'attendait-il à trouver dans le clocher ? Louis ne le sait pas exactement lui-même ; mais il reste, cependant, un peu déçu.

Quatre murs, aux coins desquels sont tendues des toiles d'araignées, deux cloches passablement poussiéreuses et des cordes. Rien que cela ! Et cependant, quand il considère que c'est ce peu de chose qui jette aux vents le joyeux carillon qu'il connaît bien, il retrouve tout son enthousiasme.

Doucement, doucement, il s'approche jusqu'à la corde qui pend de la plus petite cloche et il la caresse de la main. Puis, s'enhardissant, il tire cette corde lentement, avec des précautions infinies : la cloche s'est légèrement inclinée et le battant de bronze a bougé.

— C'est comme cela que fait monsieur Jérôme, murmure Louis Luquin. Puis, comme effrayé soudain de son audace, il se retire rapidement en fermant la porte derrière lui.

— Maintenant que je sais, je reviendrai, dit-il en retournant à son baquet d'eau et à ses brosses. Vite, vite, il se remet à sa besogne, qu'il accomplit avec toute la célé-

rité et tout le soin possible pour racheter
le temps perdu.

— Tu sais, Maxime, dit Louis, un moment plus tard à son petit compagnon, je
suis monté au sommet de la tour ; j'ai vu
les cloches.

— Vraiment ? Monsieur Jérôme te les a
donc montrées ?

— Non ! mais je les ai vues. J'ai même
tiré la corde de la petite cloche, un peu
seulement pour essayer, tu comprends ?

— Tu es bien heureux, sais-tu ? tu me
les montreras aussi ?

— Un jour, peut-être ; nous verrons.
Mais je voudrais bien, moi, arriver à sonner les cloches une fois pour de bon.

Et l'entretien en resta là.

Qui aurait pu penser que le rêve de notre Louis dût si vite se réaliser ?

Cloches, sonnez !

— Je ne sais vraiment pas ce que j'ai à
ce bras, disait le même soir, le vieux Jérôme en frottant, de sa main gauche, son
bras droit dont il semblait beaucoup souffrir. En transportant les dernières bûches
que j'ai sciées, je suis tombé maladroite-
ment au seuil du bûcher, et je ne puis presque plus mouvoir le bras. J'espère qu'il
n'est pas cassé, mais il me fait terrible-
ment mal.

— J'ai souvent trouvé, mon père, inter-
rompit sa bru, que vous faites des travaux
trop pénibles. A votre âge, il faut se mé-
nager un peu...

— A mon âge, à mon âge ! Je sais bien
que je ne suis plus de première jeunesse.
Mais, je ne suis pas de ceux qui peuvent

cesser de travailler avant que la mort les arrête.

— Ne vous fâchez pas, grand-père, reprend la veuve avec bonté. Personne, mieux que moi, ne peut savoir tout ce que l'on doit à votre travail... Que serions-nous devenus, sans vous, après la mort de mon pauvre César?

— C'est bien, c'est bien! Il ne faut pas parler de cela. Je n'ai fait que mon devoir en m'occupant de mon mieux de la veuve de mon unique fils et de ses orphelins. N'en parlons plus.

L'évocation du fils et du mari si aimé et trop tôt disparu, a jeté comme un voile de tristesse sur la famille réunie et le souper s'achève silencieusement.

Louis Luquin et Maxime Calame se regardent, après avoir considéré tristement leurs petits compagnons qui n'ont plus de père. Ils pensent au privilège qu'ils ont, eux, de pouvoir se dire que leurs pères sont à la ville et qu'ils les retrouveront à leur retour.

Louis Luquin remue aussi d'autres pensées, tandis qu'il mange son pain et son fromage, sans rien dire.

Si le pauvre vieux monsieur Jérôme, ne peut pas sonner les cloches, dimanche prochain, peut-être s'adressera-t-il à moi pour que je lui rende ce service ?

Mais un semblable honneur et une telle joie seraient-ils possibles ?

Après une très mauvaise nuit, le vieux monsieur Jérôme est encore moins bien que la veille. Il a beaucoup de fièvre et ne peut faire aucun mouvement avec son bras malade qui est très enflé.

—- Je crains bien qu'il n'ait le bras cassé, le pauvre grand-père, dit madame César, tandis qu'elle sert le déjeuner aux enfants.

Quand tu auras mangé, il te faudra aller appeler le docteur, dit-elle à Louis Luquin qui la regarde consterné. Avant de partir, tu passeras chez le grand-père : il voudrait te parler.

Louis Luquin se hâte d'expédier son déjeuner.

— Vois-tu mon garçon, je suis cloué dans mon lit aujourd'hui, lui dit M. Jérôme en l'apercevant. C'est une bien fâcheuse affaire, mais j'espère que ce ne sera pas trop long. Tu me remplaceras, n'est-ce pas?

Quand tu auras passé chez le docteur, tu donneras un coup de balai devant l'église, tu arroseras les tombes, car il a fait très sec hier; puis tu reviendras ici avant de partir avec tes amis.

— Oui, monsieur Jérôme, je ferai tout le nécessaire, soyez tranquille, ne vous inquiétez pas. Et le garçon part de toute la vitesse de ses jambes.

A son retour à la maison, il trouve le vieux Jérôme assis dans son lit, soutenu par une pile de coussins.

Le docteur, qui est venu tout de suite, a remis le bras. Il l'a bandé soigneusement, après l'avoir immobilisé avec une planchette.

Le vieux Jérôme a beaucoup souffert pendant cette douloureuse opération ; il est très pâle et a les yeux fermés. Louis s'est approché du lit, sur la pointe des pieds et voyant son vieil ami si tranquille, il va se retirer, quand Jérôme ouvre les yeux.

— Tout est fait, mon garçon ?

— Oui, Monsieur Jérôme, tout.

— Les tombes ?

— Je les ai abondamment arrosées.

— Et la place ?

— Elle est balayée et j'ai répandu un peu d'eau sur le sable à cause de la poussière. J'ai essuyé la porte et les bancs, celui du tilleul, aussi.

— Cela va très bien, mon garçon. Je

6

suis content de t'avoir, et je n'ai plus d'inquiétude maintenant que pour elles.

— Pour elles ?

— Oui, pour les cloches. Comme je te
l'ai dit, depuis cinquante ans, je les ai toujours sonnées... Que faire maintenant que
je ne puis plus me servir de mon bras ?

Et, épuisé d'avoir tant parlé, le vieillard
se renverse en arrière et referme les yeux.

— Ne vous tourmentez pas, monsieur
Jérôme, soyez tranquille ; je ferai tout ce
que je pourrai. Vous n'aurez qu'à me com-
mander et je vous obéirai en tout. Et sur
ces paroles, notre ami s'esquive hâtive-
ment pour rejoindre les colons.

C'est aujourd'hui jeudi. Encore deux
jours jusqu'à dimanche. Le vieux Jérôme a
pu se lever après midi, et appuyé sur
l'épaule de Félix, l'aîné de ses petits-fils, il
a été faire une tournée d'inspection sur la
place de l'église.

— Je suis très content de Louis Luquin,
dit-il à Félix en s'asseyant avec lui sous le
tilleul. C'est un bien gentil garçon. Quand

tu seras plus grand, il te faudra être serviable et attentif comme lui. Tu seras alors d'un grand secours pour moi.

— Six ans, c'est vite passé, n'est-ce pas, grand-père ? dans six ans j'aurai le même âge que Louis et je serai ton bras droit, tu verras.

— Dieu le veuille, mon enfant ! dit Jérôme en pensant qu'à son âge, on peut, moins encore qu'à tout autre, compter sur l'avenir.

Quand il rentre le même soir, Louis est tout étonné de trouver le grand-père debout.

Les jours sont encore longs, et le vieux Jérôme est assis dans un grand fauteuil devant la porte.

— Avant de te mettre à table, veux-tu monter avec moi jusque dans le clocher ? Je voudrais te faire voir les cloches et t'expliquer comme il faudra t'y prendre pour sonner dimanche matin et aussi le soir, car ce sera notre fête patriotique du 1er août.

— C'est vrai, monsieur Jérôme, nous y avons déjà pensé avec Mademoiselle pour préparer des chants.

Précédé par le petit Félix, soutenu par Louis Luquin, Jérôme monte lentement les deux étages qui conduisent au clocher.

Au sommet du premier, il s'arrête pour reprendre haleine et s'assied sur la première marche de la dernière rampe.

— Je m'exagère peut-être la difficulté, dit-il à Louis Luquin, qui, respectueusement est resté debout devant lui.

Le jeu des cloches n'est, en somme, pas très compliqué et, dès son jeune âge, mon pauvre César avait appris à les sonner presque aussi bien que moi. Mais, sans me vanter, c'est moi qui en ai toujours tiré les plus beaux sons...

— Ça, c'est très vrai, monsieur Jérôme. Dimanche dernier, quand j'écoutais vos cloches, je ne pouvais m'empêcher de penser à notre *Clémence* de Genève qu'on sonne les jours de grandes fêtes.

— On a dit que de toutes les églises du

district, c'est la nôtre qui sait le mieux
appeler les fidèles.

— Cela doit vous faire grand plaisir,
Monsieur Jérôme.

— Bien sûr !

— La chose essentielle, explique un moment plus tard le sacristain à son jeune ap-
prenti, c'est de sonner toujours bien en
mesure : Un ! deux ! tu tires la corde de la
petite.

— Un ! deux ! tu tires sur la grande, et
ainsi de suite, toujours en comptant bien
régulièrement : Un ! deux ! un ! deux ! un !
deux ! As-tu compris, mon garçon ?

— Très bien, monsieur Jérôme, je crois
que je saurai.

— Moi aussi, j'ai compris !

Celui qui prononce ces paroles, c'est
Maxime Calame qui vient d'apporter au
grand-père le pliant sur lequel le vieillard
s'est assis.

— Je suis bien aise que tu aies si vite
saisi la manœuvre, reprend-il en s'adressant à Louis Luquin. Dimanche, à la pre-

mière cloche, je verrai ce que tu es capable de faire. Maintenant, redescendons.

Comme l'avait dit M. Jérôme, Louis Luquin eut vite saisi la manœuvre et le dimanche matin, après quelques sons un peu hésitants, les cloches lancèrent dans les airs leurs plus joyeux carillons.

Au sortir de l'église, Louis Luquin dut faire appel à toute sa modestie pour ne pas ressentir trop d'orgueil en recevant les félicitations de ses amis. Ceux-ci l'attendaient devant la porte, pendant que Mademoiselle s'entretenait avec M. Jérôme de la bonne et généreuse conduite de Louis à son égard.

— Bravo ! Louis Luquin ! On nous a dit que c'est toi qui a sonné les cloches aujourd'hui. Sais-tu que tu t'en es très bien tiré, mon cher !

— Comment as-tu pu si vite apprendre à sonner ?

— Quand as-tu appris ?

— Qui t'a enseigné la sonnerie ?

Gentiment, notre ami répond à toutes les

questions qui lui sont posées par les petits colons.

— C'est grand dommage qu'il n'y ait pas une cloche pour appeler notre bande à la promenade ou au jeu. C'est sûrement toi qui en aurais été chargé !

Louis rit des boutades de ses compagnons.

— Je te félicite, mon enfant, dit Mademoiselle en lui serrant affectueusement la main.

Elle n'en dit pas davantage, mais Louis comprend que ce n'est pas seulement au jeu des cloches que pense Mademoiselle.

Le soir de ce même jour, les colons se trouvent réunis avec les enfants du village autour du grand bûcher qu'ils ont élevé pour faire un feu de joie en l'honneur de l'anniversaire du 1er août.

Tous sont là, au moment où les premiers accords de la sonnerie du clocher se font entendre. Jamais elles ne leur ont paru plus joyeuses, les cloches du village.

N'est-ce pas un des leurs qui les met en

branle ? et ils sont fiers de cet honneur les petits colons du Jura. De chaque commune, les cloches se répondent, et l'on sent passer dans l'air comme un souffle de patriotisme au souvenir de la première alliance des cantons confédérés.

Au moment où les cloches se taisent, M. Béraud, l'instituteur, s'avance. En peu de paroles, il rappelle le souvenir glorieux que célèbre, en ce jour, la Suisse tout entière ; il retrace les événements qui décidèrent les premiers Confédérés à conclure le pacte d'alliance du 1ᵉʳ août 1291.

Et à mesure qu'il parle des souffrances des aïeux sous la tyrannie de l'Autriche, des luttes héroïques des Waldstætten contre les baillis, et des décisions viriles de ces hommes vaillants, si peu nombreux cependant, en face de l'ennemi, chacun se sent fier de descendre de cette race de héros.

M. Béraud s'est tu.

Un silence ému plane sur l'assemblée, tandis que le feu de joie brille de son plus vif éclat.

Soudain, nos colons entonnent d'une seule voix :

A toi nos chants ! berceau de nos vieux pères !
Lieux par leurs bras tant de fois défendus.
A toi nos chants ! séjour des âmes fières,
Des vieux héros et des mâles vertus !
Ah ! dignes des ancêtres,
Comme eux restons sans maîtres,
De l'étranger méprisons le courroux,
Devant Dieu seul fléchissons les genoux !

— Vive la Suisse, notre belle patrie ! s'écrient tous les assistants.

— Vive aussi notre Louis Luquin ! ajoutent, à demi-voix, nos petits colons.

Qui est-ce ?

A la montagne, pendant les séjours d'été, on voit se nouer de bonnes et solides amitiés entre des personnes qui, dans d'autres circonstances, n'auraient probablement jamais eu l'occasion de se rencontrer. C'est ce qui était arrivé pour nos deux petits amis Maxime Calame et Félix Picard, le petit-fils du vieux sacristain. Félix n'a jamais quitté son village qui est pour lui tout l'univers. Il ne connaît rien aux choses de la ville et il ouvre de grands yeux étonnés au récit que lui fait son ami sur les merveilles de la cité.

Jusqu'à ce dernier été, Maxime Calame n'est presque jamais sorti du faubourg qu'il habite et il ne s'entend guère à tout ce qui intéresse le petit montagnard. Et cependant, à vivre ensemble dans la même maison, à recevoir les soins de la même maman, à prendre part aux repas de la même famille, les deux petits garçons n'ont pas tardé à se considérer presque comme des frères.

Avec la permission de Mademoiselle, Maxime a été bien heureux de prendre avec lui son petit ami Félix pour partager quelques-unes des courses des colons et c'est toujours ensemble qu'on rencontre les garçonnets au village.

Quelques jours après la belle fête patriotique du 1ᵉʳ août, on se trouve en pleines moissons.

Dès le matin, les villageois ont quitté leurs demeures, la faux sur l'épaule. Ils se hâtent, car le beau temps n'est guère stable en cette saison et l'on est toujours plus ou moins sous la menace d'un orage.

Le temps incertain d'aujourd'hui a retenu tous les colons au village. Dans la grange, ils sont occupés à des jeux tranquilles.

Il ne pleut pas, mais le vent souffle en tempête et les paysans se hâtent de rentrer le blé qu'ils ont fauché dans la matinée.

Tout à coup, un formidable son de cloches se fait entendre, puis un second, puis un troisième, puis une succession de sons, pressés, sans mesure aucune.

— Qu'est-ce que cela ?

— Qu'y a-t-il ? s'écrie-t-on tout effrayé.

Les ménagères sortent dans la rue.

— Est-ce un malheur, un accident ? quelque grave infortune ?

Personne ne peut répondre à leurs questions inquiètes.

Alarmés par le son des cloches, les moissonneurs quittent fourches et râteaux, et en courant, retournent au village.

— Qu'y a-t-il ? qu'est-il arrivé ? demandent-ils à Louis Luquin qu'ils rencontrent à l'entrée du village. Celui-ci, pâle et hagard, a laissé les colons dans leur grange et court du côté de l'église.

— Je ne sais pas.

— Qui sonne alors, puisque tu es là ? et pourquoi sonne-t-on ?

Sans répondre Louis Luquin poursuit sa course.

Sur la place, il rencontre le vieux Jérôme, Madame César et ses trois plus jeunes enfants.

— Qui est-ce ? demande tout tremblant le sacristain à Louis Luquin.

— Je ne sais vraiment pas, répond le garçon. Ecoutez... Les cloches ont recommencé leur carillon désordonné, et plus échevelées que jamais, elles jettent dans les airs une cacophonie étrange.

— Attendez ! s'écrie Louis Luquin, je vais voir ce que c'est.

— J'y vais aussi, dit le vieux Jérôme, en s'appuyant de son bras gauche sur l'épaule solide de son jeune ami.

Aussi vite que le lui permettent ses vieilles jambes et son pauvre cœur qui bat à grands coups, monsieur Jérôme fait presque tout d'une traite l'ascension de son cher clocher.

Les cloches continuent leur infernal carillon, auquel se mêlent de joyeux éclats de rire.

La porte est restée ouverte et lorsqu'ils arrivent au sommet de la dernière rampe, Jérôme et Louis Luquin restent atterrés devant le spectacle étrange et inattendu qui se présente à leurs regards.

Rouges, en sueur, vêtus seulement de leur pantalon, Maxime Calame et Félix Picard sont suspendus aux cordes des deux cloches ; Maxime tirant sur la grande, Félix sur la petite ; tous deux crient à tue-tête : Boum ! Boum ! à chaque double coup des cloches qu'ils mettent en branle en même temps. Et ce sont des exclamations joyeuses, des éclats de rire sans fin !

Au milieu de leur vacarme, ils ne se sont pas aperçu de la présence des nouveaux venus.

— Ah ! mâtins que vous êtes ! polissons ! s'écrie enfin le vieux Jérôme profitant d'un instant d'accalmie de la sonnerie infernale.

En entendant cette voix indignée, les deux bambins lâchent leurs cordes.

— Que faites-vous là, malheureux? reprend Jérôme avec fureur.

Maxime Calame a, le premier, le sentiment de la gravité de leur sottise.

Jusqu'à présent, il n'y a pas songé, mais quand il voit la figure courroucée du vieux sacristain et l'expression effrayée de Louis Luquin, il reste là devant eux comme un coupable sans trouver une parole pour s'excuser.

C'est le petit Félix qui répond enfin :

— Tu vois, grand-père, nous nous amusons !

— Vous vous amusez ! vous vous amusez ! vilains garnements. Vous croyez peut-être qu'on peut s'amuser comme cela, vous !

— Mais nous ne faisons pas de mal, grand-père, reprend Félix avec moins d'assurance, cependant.

— Pas de mal ! quand vous désobéissez à vos parents, quand vous mettez toute

7

la commune sens dessus dessous par le
son des cloches qu'on entend de partout.
Pas de mal! méchants gamins que vous
êtes! Je vous apprendrai, moi, si vous
n'avez pas fait de mal!

Maxime et Félix se jettent à la dérobée
un regard consterné, et un silence, lourd
de menaces, pèse sur les quatre personnages de cette scène.

— Je vous assure, monsieur Jérôme, que
nous n'avions pas pensé qu'on pût entendre dans le village le bruit que nous faisions. Vraiment, nous n'y avons pas songé,
je vous assure, s'écrie enfin Maxime en
éclatant en pleurs. Non, vraiment.

— Vous êtes des fous, voilà tout, reprend Jérôme. Filez d'ici, garnements, et
un peu vite!

A la hâte les deux coupables ramassent
leurs petites blouses et leurs tabliers qu'ils
avaient déposés dans un coin de la chambre et tête baissée, yeux rougis, ils descendent lentement l'escalier, tandis que
Louis Luquin met dans la serrure la grosse

clef que monsieur Jérôme vient de lui tendre en lui disant :

— Je tremble trop pour fermer moi-même : fais-le toi, mon garçon.

Sur la place, les colons se trouvent rassemblés et c'est Mademoiselle et madame César qui accueillent les fauteurs de tout le mal. Mademoiselle ne dit pas grand chose à Maxime. Elle le regarde seulement avec une telle tristesse que rien qu'à la voir, il comprend qu'il lui a fait beaucoup de chagrin.

— Pardon ! je ne le ferai plus jamais ! murmure-t-il en pleurant.

Mais il n'en peut dire davantage, car madame César l'a pris par la main, ainsi que Félix, et elle les entraîne dans la maison en leur disant : « Vous recevrez ce que vous méritez ».

Un dimanche sur la montagne.
La fête de l'été.

On est déjà au milieu du mois d'août !

Comme le temps passe vite sur cette belle montagne !

Dimanche prochain, il y aura la « fête de l'été » sur le plus haut pâturage.

Depuis qu'ils sont arrivés au Jura, les petits colons entendent parler de cette fête et ils s'en réjouissent beaucoup, car Mademoiselle leur a promis qu'elle les y conduira, s'ils ont été sages.

— Comment sera-t-elle, cette fête de l'été ? se demande curieusement plus d'un de nos enfants.

— Y aura-t-il un cortège, comme en ville, à la fête des Promotions ?

— Y aura-t-il des jeux pour les enfants, un guignol ou une pêche à la ligne ?

— Et la musique ? Y aura-t-il une musique, au moins ?

— Vous verrez, répondent les amis du village ou les parents adoptifs.

En attendant, on s'occupe des préparatifs, car c'est demain la « fête de l'été ».

Les « mamans » sortent des armoires de grands paniers où elles entassent des paquets de toutes les formes, renfermant des provisions pour le pique-nique que l'on fera sur la montagne.

Elles font cuire des œufs et remplissent des bouteilles de sirop, de café, de thé et même de lait pour les petits enfants. Que de choses ! Il semble qu'il y en aura pour nourrir toute une armée !

C'est dimanche.

Tout le monde est levé de très bonne heure.

Dès 6 heures, les petits colons se mettent en route. Ils chantent :

Partons avec l'aurore,
La a la
Quand l'air est frais encore,
La a la.

Les villageois partent en même temps et c'est une longue procession échelonnée sur le sentier qui monte au pâturage.

La route est longue, longue ! et il fera très chaud ; mais la perspective de la belle journée que l'on va passer là-haut fait que l'on ne sentira pas la fatigue et l'ardeur du jour.

Pour tromper la longueur de la montée, nos petits colons chantent ou jasent entre eux. De temps en temps, l'un ou l'autre s'éloigne de la bande pour cueillir, à la hâte, une fraise ou une framboise qu'il savoure avec délices ; ou pour atteindre une églantine ou une fleur de montagne ; il l'apporte à Mademoiselle qui la fixe à sa ceinture.

A une certaine hauteur, voici venir, par un autre chemin, une seconde troupe qui rejoint la première. Ce sont les habitants d'un autre village qui vont assister à la fête ; et plus loin une nouvelle troupe et encore une autre, car on est presque au sommet. On se reconnaît, on se salue et tous ensemble, on fait la dernière partie, la plus dure, de cette longue ascension.

On est au but. Voici le pâturage avec ses deux chalets et ses nombreux troupeaux. Cette grande prairie est inclinée en pente douce. Elle est entourée de sapins, au pied desquels chaque famille cherche une place pour s'installer commodément à l'ombre et se reposer un moment.

Mademoiselle a fait aussi asseoir sa petite troupe..... Mais les garçons sont vite reposés et ils ne restent là qu'un instant.

Au milieu du pâturage, s'élèvent trois grands sapins. C'est au pied de ce groupe d'arbres, que se dresse une chaire rustique, construite par les bergers et que des jeunes filles sont en train de décorer avec des branches de verdure et de grandes fleurs ; gentianes jaunes, marguerites blanches ou lys roses de la montagne.

— C'est comme à l'église, dit Charlot à Emile, mais je trouve que c'est plus beau... et toi ?

Les jeunes filles qui décorent la chaire appartiennent à une colonie de vacances, installée dans un des villages voisins.

La directrice de cette colonie vient saluer Mademoiselle ; plusieurs des jeunes colons, garçons et fillettes, se reconnaissent et échangent de joyeuses paroles.

Voici le pasteur et sa famille qui arrivent au pâturage. Le pasteur fait le tour de la prairie pour saluer tout le monde et serrer la main à chacun.

Tous prennent place autour de la chaire rustique. Une troupe de bergers, en costume d'armaillis, venus des différents pâturages, les habitants des quatre villages, nos petits colons du Jura, garçons et fillettes, s'installent sur l'herbe et, quand

tout le monde est assis, la fête de l'été
commence par le chant du Cantique suisse
auquel nos petits amis sont heureux de
pouvoir s'associer :

> Sur nos monts, quand le soleil
> Annonce un brillant réveil...

Puis le pasteur prononce un beau dis-
cours.

Les petits colons l'écoutent attentivement et respectueusement comme des enfants bien élevés. Si tous ne peuvent pas
comprendre les paroles du pasteur un peu
au-dessus de leur portée, ils n'en éprouvent
pas moins l'impression bonne et bienfai-
sante de cette heure passée paisiblement
dans la belle nature, en entendant parler
de la bonté de Dieu.

A la fin du service, le pasteur qui aime
sa patrie, indique l'Hymne national suisse
et l'assemblée entonne les belles paroles
connues de tous :

> O monts indépendants
> Répétez nos accents,
> Nos libres chants.

> A toi patrie, Suisse chérie,
> Le sang, la vie
> De tes enfants !

Et maintenant à table ! ou plutôt à défaut de table, au dîner.

Tous les groupes reprennent leurs premières places, au pied des sapins ; on déballe les provisions, on partage, on fraternise et l'on mange... comme des loups !

Pour les enfants, le repas est vite expédié.

Avec la permission de Mademoiselle, les petits colons s'échappent de nouveau.

Ils courent aux chalets et entourent les bergers. Ils en connaissent quelques-uns pour les avoir rencontrés dans leurs diverses promenades. On se reconnaît, on parle de la montagne, des pâturages, des troupeaux, de la ville aussi, car les petits citadins ont bien des choses à raconter aux bergers.

Comme il passe vite, le jour de la fête de l'été. A 4 heures, Mademoiselle conduit les enfants dans un chalet, où elle leur offre de la crème fraîche, avec des petits pains sucrés qu'elle a fait venir de la ville.

Quel délicieux goûter !

Puis tous les colons, jeunes garçons et fillettes, se rassemblent pour faire entendre quelques beaux chants patriotiques de leur répertoire.

Et l'on doit songer au retour, mais quels beaux et bons souvenirs chacun emportera avec soi !

La bonne action.

— Oh ! quel malheur ! quel grand malheur, si vous saviez ! s'écriait Marius Nicol
en arrivant, hors d'haleine, au commencement de l'après-midi, au lieu où les colons
avaient leur rendez-vous.

Marius, d'ordinaire si calme, si tranquille, était absolument hors de lui.

— Qu'y a-t-il ? demandèrent tous ses
amis d'une seule voix.

— Voilà : le vieil Antoine s'est cassé
la jambe à la forêt, en abattant un sapin.
J'étais là ; j'avais été porter le dîner à Marc-
Henri qui sciait avec lui.

On ne sait pas comment cela est arrivé,
mais l'arbre qu'ils sciaient est tombé sur
le vieil Antoine. Il avait la jambe cassée

quand on l'a relevé. Ceux qui ont aidé à le
dégager ont cru qu'il était tué...

Mademoiselle, qui a rejoint les petits
colons, a entendu la fin du récit de Marius.

— Pauvre Antoine ! dit-elle, il a eu bien
des chagrins, depuis qu'il a perdu sa
femme...

— Ce n'est pas tout, reprend Marius, la
jambe cassée c'est bien triste, mais il y a
encore le blé...

— Le blé ?

— Oui. Ce matin, avant d'aller à la forêt, le vieil Antoine a fauché tout son champ, avec l'aide de Marc-Henri. Puis il a voulu, à son tour, aider Marc-Henri à scier le sapin.

Le blé est par terre, et il pensait le rentrer cette après-midi, car on croit, au village, qu'il pleuvra demain.

Voyez, le ciel est tout noir et le vieil Antoine verra la pluie tomber sur son blé fauché...

— Personne ne pourrait-il lui rendre le service de le rentrer ? demande Mademoiselle.

— On voudrait bien ; Marc-Henri avait promis au vieil Antoine de lui aider, mais il est seul, maintenant. Tous les autres ont beaucoup à faire avant la pluie... et le blé ne pourra pas être rentré aujourd'hui !

Les enfants sont consternés. Depuis qu'ils sont au village, ils comprennent quel désastre c'est pour un paysan que de perdre le produit d'un champ.

— Que faire? répète Marius, en adressant un regard interrogateur à Mademoiselle.

— Ce que votre cœur vous dira.

Ces simples paroles jettent comme un trait de lumière dans l'esprit des aînés de nos petits colons.

Sans explications, ils ont compris ce que pense Mademoiselle.

— Moi! s'écrie, le premier, Emile Renaud, en faisant un pas en avant.

— Moi! moi! répètent Marius, Louis Luquin et les aînés de nos colons.

— Moi! moi!... disent les petits qui ne veulent pas rester en arrière.

— C'est bien, mes chers garçons, dit Mademoiselle. Vous voulez, n'est-ce pas, aider à rentrer le blé du vieil Antoine, vous avez là une heureuse pensée et vous ferez une bonne action.

Tous ces petits hommes ne sont pas encore assez forts, dit-elle en regardant Charles Bernard et ceux de son âge ; ils resteront avec moi et nous trouverons ensemble quelque chose d'utile à faire pour le vieillard.

— Vous, les plus grands, rendez-vous

chez Marc-Henri et offrez d'aider à lier les gerbes, à les porter sur le char et à les rentrer dans la grange.

Aucun ne pense à l'agréable après-midi qu'ils avaient projetée : ils sont trop heureux de pouvoir se rendre utiles au pauvre Antoine.

Quand les grands garçons sont partis, Mademoiselle rassemble les petits auprès d'elle :

— Savez-vous, leur dit-elle, ce que c'est que des glaneurs?

Maurice Bladé, un bon garçon bien sage, lève sa main, comme à l'école.

— Oui, ce sont des enfants qui vont dans les champs ramasser les épis laissés par les moissonneurs.

— C'est bien. Voudriez-vous venir, avec moi, glaner dans le champ du vieil Antoine?

Cette proposition est accueillie avec enthousiasme par tous les bambins qui voudraient glaner tout de suite, avant que les gerbes fussent liées.

Mademoiselle rassemble les enfants auprès d'elle, dans le verger. Ils prennent place sur l'herbe pour entendre la belle histoire de Ruth la glaneuse.

Puis, une heure plus tard, on se dirige du côté du village.

Voilà le champ du vieil Antoine, non loin de l'église.

Qui sont tous ces moissonneurs? trois sont debout sur un char pour recevoir les gerbes.

Nos petits les reconnaissent aussitôt.

— C'est Emile, c'est Louis avec Marc-Henri!

Trois autres de leurs aînés ont lié les gerbes qu'ils leur tendent au bout d'une fourche.

Marius est encore occupé à mettre les liens aux dernières gerbes. Dans peu de temps, tout sera fini.

— Je vous amène des glaneurs, s'ils peuvent vous être utiles, dit Mademoiselle en saluant Marc-Henri.

— Bien sûr! qu'ils peuvent être utiles!

8

répond celui-ci avec un bon sourire, à
l'adresse des nouveaux arrivés.

Les voilà à l'ouvrage ! Méthodiquement,
les garçonnets suivent les lignes où les épis
ont été coupés et ils recueillent ceux qu'ils
trouvent encore.

Ces précieux épis, ils les serrent contre
eux de leur bras gauche, tandis qu'ils se
servent de la main droite pour ramasser,
ramasser...

Arrivés au bout du champ, chacun est
porteur d'un bouquet d'épis. Tous ces bouquets réunis forment ensemble une gerbe,
pas très grosse, mais assez jolie, que Marius tend à Marc-Henri.

Le char est tout rempli de gerbes.

Le temps est devenu très menaçant, mais
qu'importe, on va rentrer le blé !

Marc-Henri, de ses bras forts et ner-
veux, enlève Charles Bernard et son ami
Maxime, les deux plus petits de la bande,
et il les lance sur le char, comme des bal-
les élastiques.

— En voiture, messieurs ! dit-il en riant,

de leur surprise. Puis il prend la tête du char et... en route !

Les moissonneurs improvisés suivent en portant fourches et râteaux.

Au moment où le char franchit la cour du vieil Antoine, les premières gouttes de pluie commencent à tomber. Mais qu'importe, à présent ? le blé va être à l'abri.

Quand l'utile besogne est terminée, Marius et Emile Renaud se rendent auprès du propriétaire du champ, qu'ils trouvent étendu dans son grand lit.

Le vieillard ne sait rien encore. Il a l'air triste et préoccupé, car il entend le vent souffler avec une force qui annonce l'orage. Il pense sans doute à son blé.

A la vue des garçons, il essaie de leur sourire et de leur souhaiter la bienvenue, mais ceux-ci ne le laissent pas parler.

— Oui, c'est l'orage, répondent-ils au regard anxieux du pauvre homme. Mais ne craignez rien, car votre blé est rentré.

Et en guise d'explication, ils ajoutent mo-
destement : C'est nous et nos amis qui
l'avons fait ; nous sommes très heureux
d'avoir pu vous rendre ce service.

L'Aéroplane.

Chaque matin le facteur apporte à Mademoiselle, avec ses lettres, un journal de Genève.

Lorsqu'on est loin des siens, à la montagne, c'est toujours un agréable moment que celui où l'on parcourt les nouvelles de la chère ville natale.

Quand il y a dans le journal quelque article qui puisse intéresser ses petits colons,

Mademoiselle le leur communique très volontiers et elle choisit généralement pour
cela l'heure du repos dans la clairière.

Précisément, aujourd'hui, il y a une nouvelle qui, tout en intéressant au plus haut
degré le monde des grands, passionnera
certainement le petit monde du Jura : la
traversée de la Manche par un aéroplane.

— La Manche! la mer de la Manche!
s'écrient les grands. Cela n'est pas croyable!

— Oui. Cela paraît tenir du merveilleux
et cependant c'est absolument exact.

Et pour convaincre les colons, Mademoiselle déplie le journal et lit la dépêche
annonçant le beau succès de l'aviateur Blériot.

La dépêche, comme toutes les dépêches,
n'entre pas dans de nombreux détails. Elle
communique brièvement cette nouvelle
qui fera sensation dans le monde et mar-
quera le jour de la conquête de l'air. Les
commentaires, ce sont nos petits colons
qui les font.

— Quelle chance il a eue, ce monsieur

Blériot, de pouvoir gagner ce grand prix !
dit Louis Luquin, toujours pratique.

— Comme il doit être fier de son triomphe ! s'écrie Emile Renaud, qui ne pense
qu'à la gloire.

— Comme il a dû avoir peur ! dit crain-
tivement Charles Bernard, quand il a compris que la Manche est une mer et que le
vainqueur a « volé » plus d'une heure au-
dessus de l'Océan.

— J'aurais bien aimé être à sa place !
disent d'autres garçons. C'est beau, ces
machines-là, qui s'envolent dans l'air,
comme le dirigeable Zeppelin dont on a
déjà tant parlé à Genève.

Et, à sa petite bande attentive, Mademoiselle explique la différence qu'il y a
entre les ballons et les aéroplanes. Le bal-
lon, dit-elle, doit être gonflé d'un gaz plus
léger que l'air, afin que, de lui-même il
s'élance dans l'espace. L'aéroplane n'a pas
besoin de ce gaz. C'est une machine qui
peut se soutenir dans l'air, sans être plus
légère que lui.

— Comment cela ? On sait bien que tout
objet plus lourd que l'air obéit à la loi de
la pesanteur, observe un des enfants qui a
profité des leçons données en classe.

— C'est juste, reprend Mademoiselle.
La machine doit être construite de telle
manière qu'elle puisse se soutenir dans l'air
par la pression du vent sur des surfaces
inclinées. Vous avez pu constater que le
vent soutient une surface inclinée, même
sans moteur, en regardant monter le cerf-
volant que vous connaissez tous, n'est-ce
pas ?

— Bien sûr ! Mais un cerf-volant n'est
pas un aéroplane !

— Oui, certes, c'en est un des plus simples, puisqu'il s'élève par la pression du
vent. Il n'a pas besoin de moteur, ni d'aviateur : il est à la portée de tous.

— De nous aussi ! Oh ! que nous aime-
rions avoir un cerf-volant.

— Pourquoi pas ? dit Mademoiselle. Le
premier jour de pluie, vous le consacrerez
à fabriquer votre cerf-volant et en atten-

dant, dans notre prochaine promenade, vous choisirez les matériaux nécessaires à sa fabrication. C'est peu de chose, quelques baguettes légères, et je vous donnerai le papier et la ficelle.

Voici comment un beau jour, ou plutôt un jour gris, tous nos petits colons du Jura se trouvent transformés en futurs aviateurs.

Dans une grange, mise à leur disposition, ils sont tous au travail. Autour d'une table, faite d'une vieille porte posée sur deux chevalets, les grands s'occupent de la confection du cerf-volant d'après les indications de Mademoiselle. Les petits, groupés dans un coin, s'appliquent à préparer la « queue » de l'aéroplane.

Cette « queue » doit être longue et fournie ; aussi nos garçonnets mettent-ils toute leur ardeur à faire de grandes papillottes de papier qu'ils relieront par un cordon.

Et toute l'après-midi, les enfants sont occupés...

Le soir, le travail est déjà bien avancé et

c'est avec fierté que nos amis considèrent leur œuvre.

Le cerf-volant, d'une forme élégante, a été décoré par l'artiste de la bande, Georges Palet, dont le père est peintre-décorateur.

Il a collé, sur les deux faces, de jolis motifs en papier glacé, du plus heureux effet; sur l'un des côtés, un soleil rouge aux multiples rayons ; sur l'autre face, une lune en papier bleu, entourée d'étoiles dorées : un vrai chef-d'œuvre !

Demain, s'il fait beau et si le vent est favorable, on pourra procéder au lancement de « l'aéroplane », comme les colons se plaisent à appeler leur cerf-volant.

Bien avant l'heure du rendez-vous, les colons sont réunis devant la grange qu'on vient d'ouvrir.

Il fait un temps magnifique et il souffle un vent léger, juste ce qu'il faut pour soutenir un cerf-volant. Quel bonheur !...

En moins d'un quart d'heure, le travail est achevé et quand Mademoiselle arrive, elle trouve les enfants tout joyeux, en train d'attacher au cerf-volant une longue queue terminée par un volumineux mouchet de papier frisé, de toutes les couleurs.

Deux des plus grands garçons portent en triomphe l'aéroplane, tandis que les petits, comme de petits pages, soutiennent la grande traîne du cerf-volant et..... en avant !

Depuis les premières maisons du village, en descendant, la belle et grande route est toute droite sur plusieurs centaines de mètres.

C'est là, que nos colons vont lancer leur aéroplane. L'extrémité d'un gros peloton de ficelle est attachée au point de croisement des deux baguettes formant les axes. Emile Renaud tient le peloton. Il se met doucement à courir, tandis que ses compagnons, montés sur un tas de pierres, soulèvent et lancent le cerf-volant.

C'est toujours un moment critique que celui d'un « lancement », que ce soit celui d'un navire ou d'une machine volante, car

on peut craindre quelque accident inattendu.

Mais rien de semblable ne se produit.

L'aéroplane « Le Jura », comme l'ont bap-
tisé nos colons, s'élève majestueusement,
à mesure qu'Emile Renaud déroule sa ficelle
en courant.

Il monte ! il monte ! il monte ! Comme
le voilà haut et combien il semble petit !

A présent, il plane et Emile peut attendre ses amis qui le rejoignent. — Tous ensemble, le nez en l'air, restent à contempler leur œuvre, avec un orgueil non moins
grand que celui dont les aviateurs du jour
considèrent leurs machines volantes.

— Il est beau, n'est-ce pas ? dit-on dans
le groupe.

— Quelle belle forme il a et comme il se
tient bien !

— Et notre queue ! qu'elle est belle et
comme elle a bonne façon !

— C'est elle qui tient le cerf-volant en
équilibre, Mademoiselle l'a dit...

— Non, c'est le mouchet ! réplique d'un

air important le petit Maxime qui a fourni cette artistique adjonction.

Un char à bancs passe.

— Bravo ! mes enfants, dit le syndic du village, en répondant au salut poli de nos petits colons; je vois que vous savez vous amuser comme de sages garçons ! Et tandis que son char s'éloigne, il regarde d'un air intéressé le jeu favori des « colons du Jura ».

La récolte des fraises.

Depuis longtemps, on parle de faire une vraie cueillette de fraises. On les mangera avec de la crème fraîche que la bonne hôtesse de Mademoiselle a promis d'offrir aux petits colons.

Rien que d'y penser cela fait venir l'eau à la bouche et l'on attend avec impatience le moment propice pour la récolte. Enfin ! il est venu cet heureux jour !

Le soleil brille joyeusement quand nos amis se mettent en route. Ils se sont tous munis d'un panier ou d'un petit seau destiné à recevoir leur cueillette.

Mademoiselle, qui est prévoyante, s'est chargée d'un parapluie, car il y a sur le sommet du Jura, à l'ouest, des nuages qui

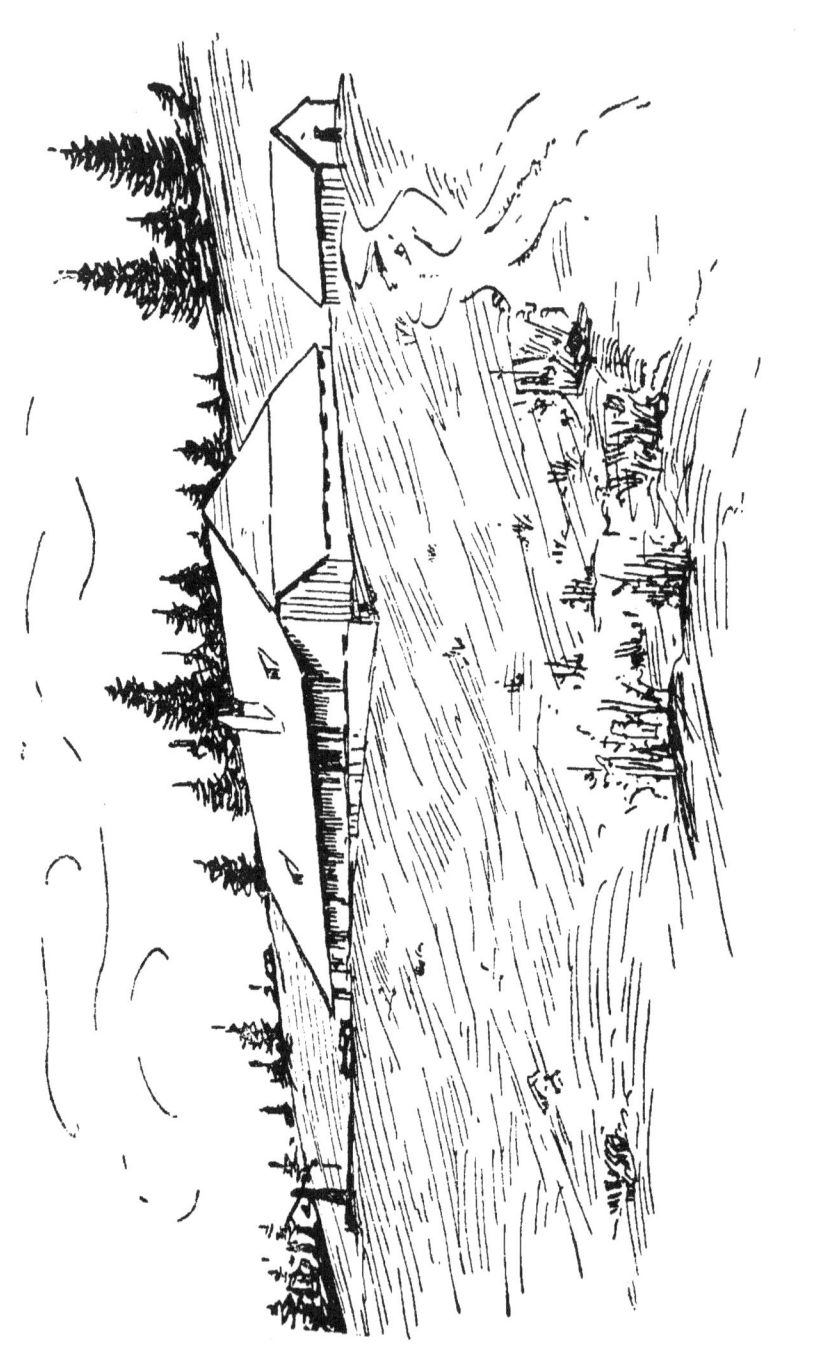

ne présagent rien de bon..... Mais la pluie
ne sera sans doute pas pour ce matin et le
parapluie pourra servir d'ombrelle.

Nos amis ont formé leur colonne des
jours de courses. Ils chantent toutes les
marches qu'ils connaissent ; ils se pressent,
car ils ont hâte de commencer leur cueillette.

Avant de partir, Mademoiselle s'est in-
formée de l'endroit où l'on trouvera le plus
de fraises.

— Près de la « Pouilleuse », lui a-t-on dit.
Il vous faudra traverser un grand pâturage ;
au delà, s'étend un vrai champ de fraises,
toutes mûres.

— Mademoiselle !..... dit une petite voix
timide qu'elle reconnaît bien vite, car dans
les courses Charles Bernard s'arrange toujours à rester près de sa bonne maîtresse
qu'il aime autant qu'une maman, comme
il dit.

— Mademoiselle ! répète-t-il.

— Quoi donc, mon garçon ?

— Est-ce qu'on la verra ?

— Qui ?

— Cette dame ?

— Quelle dame ?

— Oh ! je comprends ! s'écrie en riant, Emile Renaud. Il a pris le nom de la propriété pour celui de sa propriétaire ! Que c'est drôle !

Mademoiselle rit aussi, en se demandant quelle personne s'attendait à trouver le petit Charlot quand il pensait à « La Pouilleuse ». Elle explique à l'enfant sa méprise, et l'on continue allègrement son chemin.

Voici le pâturage avec ses fleurs éclatantes.

Combien de gentianes bleues et de grandes marguerites ! combien d'œillets rouges et de saxifrages jaunes et roses ! Nos garçons ne se laissent pas tenter par toute cette flore abondante.

Fidèles aux instructions reçues au village, ils traversent le vaste champ et se trouvent devant un petit mur que les plus grands escaladent facilement, tandis que

9

la maîtresse contourne l'obstacle avec les plus petits.

Les voici tous dans le « champ de fraises ». On n'a rien exagéré en le leur indiquant.

Vite, vite, on se met à l'œuvre. Les langues se taisent, tant on a besoin de toute son attention pour le travail important que chacun accomplit avec sérieux.

Les paniers, les seaux, les tasses même se remplissent rapidement. Quelle joie que de les voir bientôt tous pleins, ces ustensiles, qui semblaient trop nombreux au départ. Quelle richesse !

Mademoiselle, cependant, parle déjà de retour...

— Quelle heure est-il donc ?

— Onze heures.

— Encore une demi-heure et nous aurons tout fini, s'écrient les enfants.

Ils ne voient que leur récolte !

Ce qu'ils ne voient pas, c'est le ciel qui s'est obscurci, ce sont les nuages noirs qui deviennent menaçants, chassés qu'ils sont par un gros vent d'orage.

— Partons ! repète Mademoiselle, il va pleuvoir, je le crains.

Et comme pour confirmer ses paroles, de grosses gouttes de pluie commencent à tomber, tandis qu'un grondement de tonnerre se fait entendre dans le lointain.

A regret, nos amis quittent le champ en jetant un regard désolé sur les jolies petites fraises qu'ils voudraient tant cueillir encore.

Avec précaution, cette fois, à cause des fruits qu'ils portent, ils franchissent le petit mur et reprennent leur ordre de marche pour traverser le pâturage.

Le ciel est tout à fait obscur ; la pluie, cependant, semble s'être arrêtée.

Mais à peine nos colons sont-ils au bout du pâturage, qu'elle recommence de plus belle : une vraie pluie d'orage !

— Marchons vite ! dit Mademoiselle, en serrant contre elle, sous son parapluie, Charles et Maxime, les deux petits.

Il pleut à torrents.

De moment en moment, un éclair

éblouisssant déchire la nue et l'on entend le tonnerre, dont les coups se rap-
prochent peu à peu.

— N'ayons pas peur, dit Mademoiselle
pour rassurer les petits, en feignant une assurance qu'elle n'a pas. Et elle hâte le pas...

— Nous serons bientôt au village, ajoute-
t-elle. Mais combien elle lui semble longue
la route qui y conduit !

Sous des trombes d'eau, les colons che-
minent bravement.

Ils sont absolument « noyés » sous cette
pluie diluvienne qui ne semble pas vouloir
cesser de sitôt.

Et le tonnerre gronde, gronde, de plus
en plus menaçant ! A droite, à gauche, ses
coups répétés ressemblent à une canon-
nade furieuse.

Et la route est tout entourée de ces sapins qui attirent la foudre !

Mademoiselle a envie de courir pour arriver plus tôt au village...

— Ne courez pas, je vous en prie, s'écrie
Emile Renaud ; le déplacement d'air pro-

duit par le mouvement de votre robe pour-
rait attirer la foudre ! marchons vite, seulement.

Il est vaillant, ce grand garçon, et dans
le danger il devient un vrai homme par la
raison et par le courage !

— Arrivera-t-on sans accident ? se demande-t-il cependant.

Mademoiselle, en son cœur, élève à Dieu
une prière fervente pour lui recommander
le troupeau qu'Il lui a confié. Et courageusement on va, on va sous la rafale, au
milieu des fracas du tonnerre et des éclairs
aveuglants qui se succèdent sans inter-
ruption.

Quelle terrible chose qu'un orage dans
la montagne ! Personne ne dit rien ; on
n'entend plus que les pas cadencés de la
colonie, se pressant le long de la route qui
conduit au village...

. . . .

— Les voilà ! les voilà !

Ces cris plusieurs fois répétés accueillent nos colons à leur arrivée au bas des bois et plusieurs villageois munis de manteaux et de parapluies sont là, pour les recevoir.

Quel soupir de soulagement s'échappe du cœur de tous!

L'hôte de Mademoiselle l'oblige à prendre place, avec ses petits, dans le char qu'il a amené. Marc-Henri et d'autres paysans accompagneront les enfants à leurs logis respectifs.

— Nous nous retrouverons cette après-midi, dans la grange où vous êtes invités à goûter, ajoute l'hôte de Mademoiselle, en empilant dans le fond de son char les ustensiles remplis de fraises que lui tendent les petits colons.

La pluie a cessé et, de moment en moment, le soleil se montre entre les nuées qui parcourent un ciel d'orage. Une chaude buée s'élève du sol, avec cette odeur particulière que répand la terre après la pluie...

Fidèles au rendez-vous, les colons sont

tous là, en costume du dimanche, car les
vêtements de tous les jours sont en train
de sécher auprès du feu.

Sur une longue table, dressée au milieu
de la grange, un beau goûter est servi : de
vastes saladiers remplis de toutes les fraises
de la cueillette du matin, un peu écrasées,
il est vrai, mais répandant le plus appétissant des parfums; de grands bols de
crème fraîche, des pyramides d'épaisses
tartines.

Les pyramides de tartines disparaissent
comme par enchantement, les bols de
crème, les saladiers de fraises se vident à
plaisir au milieu d'un silence qui prouve
que les enfants jouissent pleinement de ce
régal inusité.

Maintenant que le repas est achevé, les
langues enfantines reprennent leurs droits.
On parle de l'orage ; on rappelle maint épi-
sode de cette matinée célèbre ; on se sou-
vient de la boutade de Charles Bernard, à
propos de « la Pouilleuse » et l'on rit de
tout son cœur. Puis on chante les plus

beaux chants, on récite des poésies et l'on termine cette charmante après-midi par la représentation de la pièce historique « Guillaume-Tell », pour remercier l'aimable famille qui a eu la généreuse idée d'inviter tous les petits colons du Jura.

Les militaires.

Rataplan ! rataplan ! rataplan !
Plan ! plan !
Rataplan ! rataplan ! rataplan !
Plan ! plan !

Les militaires ! les militaires !

A ce cri nos colons se dispersent au moment où ils allaient se mettre en route pour une promenade matinale. Les voilà qui courent à toute vitesse vers la grande route, où ils arrivent juste à temps pour voir passer un bataillon de soldats.

Ceux-ci ne font que traverser le village en se rendant dans une localité voisine où auront lieu les manœuvres et où sera leur campement.

— Comme ils sont beaux nos militaires

suisses ! s'écrie Lucien Franel en agitant son chapeau. Salut à notre armée !

— Salut ! salut ! répètent tous nos colons en agitant aussi leurs chapeaux.

Sous la direction de leur capitaine, les soldats marchent au pas; quelques-uns d'entre eux ne peuvent s'empêcher de sourire en voyant les visages ravis des enfants qui les contemplent et en entendant le gai :

Rataplan ! rataplan ! rataplan !
Plan ! plan !

dont ils accompagnent leur marche.

Les militaires ont passé; la plupart des garçons du village, présents au défilé, les ont suivis, leur faisant escorte.

Les plus petits de nos amis sont descendus du mur où ils s'étaient juchés pour mieux voir et tous ensemble, petits et grands, vont rejoindre Mademoiselle d'une allure martiale, en imitant le roulement du tambour.

L'instituteur est là avec deux de ses plus jeunes enfants, un garçonnet et une fil-

lette, qui attendent bien tranquillement
leur père pendant qu'il parle à Mademoiselle.

— Je prendrai avec moi quelques-uns de
mes élèves pour assister aux manœuvres,
dit en ce moment l'instituteur. Si vous le
permettez, vos plus grands garçons pour-
ront se joindre à eux.

— Très volontiers, répond Mademoiselle ; je vous remercie.

Ce court entretien n'a pas échappé à nos
amis.

— Quand sera la revue ? demande Louis
Luquin.

— Je ne sais pas, mais Mademoiselle
nous le dira, répond Emile Renaud qui ne
doute pas de faire partie de l'expédition.

Il fait très chaud ce jour-là. Le défilé de
la troupe, le retour de nos colons, l'entretien de Mademoiselle avec l'instituteur
tout cela a pris du temps. Le projet de
promenade qu'on avait fait une heure plus
tôt est tout naturellement abandonné. Un
peu plus tard, nous trouvons toute la

bande installée à l'ombre des hêtres au pied des grands bois.

La conversation est très animée entre nos garçons.

De quoi peuvent-ils bien parler, si ce n'est de l'événement du jour, de l'arrivée du bataillon dans le pays ?

— Avons-nous eu de la chance de n'être pas encore partis, quand ils ont passé ?

— Comme ils se tiennent droit et comme ils marchent bien au pas !

— On ne dirait pas, à les voir, que leur sac est si lourd ! Je le sais parce que j'ai tenu dans mes mains celui de mon cousin ; il est autrement pesant que nos sacs d'école remplis de tous les livres de classe.

— Les soldats sont plus grands et plus forts que les écoliers, ils sont aussi plus courageux, peut-être, dit Mademoiselle en songeant à ceux de ses garçons qui se plaignent de la fatigue quand les courses sont un peu longues.

— Nous deviendrons grands et forts ; nous serons des militaires et nous porte-

rons notre sac comme les soldats d'aujour-
d'hui !

— Espérons-le. Si tous ne peuvent pas
devenir des soldats, grands et forts, vous
pourrez tous être des hommes utiles qui
feront honneur à leur pays.

— Oui, nous le voulons tous ! s'écrièrent
nos amis avec enthousiasme.

— C'est à vingt ans qu'on fait son école
de recrues. A ce moment, les jeunes hommes ont déjà un métier, dit le pratique
Louis Luquin. Ce serait curieux de savoir
ce que nous ferons tous quand nous serons
grands.

— Oh ! ce n'est pas très difficile de le
savoir, s'écria Maxime Calame qui, malgré
tout, reste fidèle à son goût pour les son-
neries de cloches. Moi, quand je serai
grand, je veux être sacristain dans une
église de campagne, et mon petit ami
Félix Picard m'aidera à sonner quand ce
sera permis...

— Et quand tu ne risqueras pas d'être
fouetté et envoyé au lit sans souper, mon

bonhomme, lui répond Louis Luquin en riant.

— Moi aussi je sais déjà ce que je veux faire quand je serai grand, murmure Charles Bernard avec un air de mystère.

— Vraiment, petit Charlot, dit Emile Renaud en caressant la toison frisée de son favori. Que feras-tu donc, mon garçon ?

— Je trouerai les billets dans les trains et je dirai comme cela : « Vos billets, Messieurs, Mesdames, s'il vous plaît ! »

— Moi, je préfère être wattmann sur un tramway, dit le petit Jean Borel; je sonnerai la cloche : ding ! ding ! ding ! et en route !

— Moi, je serai chauffeur sur une auto-

mobile, avec un bel habit en peau et une casquette à visière brillante. Je mènerai à la promenade de beaux messieurs et de belles dames...

— ...que tu risqueras de renverser dans des fossés, dit en riant le prudent petit Maurice Bladé.

— Cela ! oh non, jamais ! reprend André Marchand. Je serai très prudent et mon automobile n'occasionnera jamais d'accidents.

— Tant mieux ! s'écrie Paul Bertin qui jusqu'alors a cherché à placer son mot pour faire connaître son idéal.

— Que feras-tu donc plus tard, petit Paul ? lui demandent ses amis.

— Oh ! je ne sais pas encore exactement ce que je ferai. Mais je voudrais bien avoir une de ces machines qui volent dans l'air si vite, si vite, qu'elles sont plus rapides que les trains, les tramways et les automobiles.

— Vive notre futur aviateur, Paul Bertin ! s'écrièrent les petits colons, tandis

que Paul, rouge de confusion, n'en sourit
pas moins à son rêve le plus cher.

— Et nous, les grands, que devien-
drons-nous quand nous serons des hommes ? demande avec sérieux Lucien Franel qui, jusqu'à présent, a ri, avec tous nos
amis, des ambitions sans bornes des bambins.

— Que penses-tu faire, toi, Lucien ? in-
terroge Gustave Lambert.

— Mon rêve serait de devenir instituteur, répond Lucien après un moment de
réflexion. J'ai toujours eu ce désir. Ce doit
être une vie si utile que celle d'un bon
maître d'école, instruit et dévoué à la jeunesse. Si je puis achever mes études, maintenant que mon père est mort, je travail-
lerai de toutes mes forces à embrasser la
carrière de l'enseignement.

— Voilà une noble ambition, dit Mademoiselle ; je souhaite, mon cher Lucien,
que tu puisses réaliser ton vœu. Et toi,
Emile, à quelle carrière songes-tu ?

— Je désirerais devenir un bon électricien. A mon retour en ville je dois entrer en apprentissage.

— Moi, je veux être peintre d'ensei-

gnes, comme mon père, dit Georges Palet ; je ferai une belle enseigne historiée, peinte en plusieurs couleurs :

M. Emile RENAUD
électricien

Et je dessinerai tout autour des lampes électriques de toutes les formes et de toutes les grandeurs.

10

On rit du projet de Georges Palet, notre ami Emile tout le premier.

— Je serai sans doute jardinier, avec mon père et mon frère aîné, dit Pierre Ardin. Tu voudras bien aussi nous dessiner une grande enseigne? ajoute-t-il en riant.

— Oui, sans doute, avec plaisir. Quel prénom a ton père?

— Jacques.

— Je dessinerai donc sur l'enseigne :

JACQUES ARDIN & FILS
jardiniers

— Parfaitement, et je te remercie de tout mon cœur.

— Pour qui encore des enseignes? s'écrie joyeusement Georges Palet.

— Pour moi, dit en riant Louis Luquin ; je serai probablement négociant.

— Pour moi, qui serai imprimeur, ajoute Alfred Latour.

— Les vétérinaires ont-ils des enseignes? demande le sage petit Maurice Bladé. Je voudrais bien être le médecin des

animaux, moi. C'est si triste de voir un
cheval, un bœuf, une vache et même un
chien souffrir. En songeant à cela, les yeux
du sensible petit Maurice se remplissent
de larmes.

— Comment sauras-tu qu'ils souffrent?
demande Charles Bernard ; les animaux ne
parlent pas.

— Je sais bien, mais je verrai où ils
ont mal, comme le vétérinaire qui a soigné Fox, le chien de notre propriétaire.
Je leur taperai sur le dos, je leur ordonne-
rai des compresses camphrées et je leur
ferai boire de l'eau de Vichy. Ils seront
vite guéris, comme Fox.

— Tu es un gentil garçon, et tu seras un
bon vétérinaire, mon petit Maurice, dit
Georges Palet. Je te promets de te peindre
une belle enseigne ou une plaque, si tu
aimes mieux. Es-tu content?

— Oh ! oui, répond Maurice en essuyant
ses yeux du revers de sa main.

A ce moment, l'horloge de l'église
sonne douze coups.

— Midi ! déjà midi ! est-ce possible ?
s'écrient nos colons en se levant.

— Oui, Messieurs ! c'est midi. Le repas
est servi ; à table et bon appétit !

— Voilà sans doute ce que je dirai à mes
clients quand je serai grand, ajoute Gustave Lambert, car selon toutes probabi-
lités, je deviendrai cuisinier comme mon
père, et plus tard, qui sait ? maître d'hôtel
ou restaurateur.

Les Robinsons.

— Si tu savais, Félix, quelle belle histoire Mademoiselle nous a lue cette semaine! Elle l'a finie aujourd'hui et nous avons tous regretté qu'elle ne soit pas plus longue. C'est une histoire si intéressante qu'il nous semblait qu'elle était vraie et que nous étions tous des « Robinsons ».

— Des Robinsons! ô Maxime! combien j'aimerais connaître cette histoire! Tu me la raconteras, n'est-ce pas?

— Oui, ou plutôt tu la joueras avec moi; tu verras comme cela sera amusant.

— Comme tu voudras, pourvu qu'on s'amuse. Mais je crois que j'aurais mieux aimé entendre raconter l'histoire.

— Tu ne sais pas ce que tu dis Félix.

Nous jouerons à Robinson et je te promets
que tu n'auras pas à le regretter.

— Aujourd'hui ? tout de suite ?

— Oh non ! pas aujourd'hui.

— Pourquoi ?

— Parce que j'ai des préparatifs à faire
pour ce jeu, et aussi parce que nous sommes, les cadets, seuls avec Mademoiselle,
qui s'apercevrait tout de suite de notre
absence. Les grands sont partis ce matin
avec monsieur Béraud pour assister aux
manœuvres des troupes.

— Comment ? tu veux donc t'éloigner ?

— Pour notre jeu, il le faudra ; mais pas
pour longtemps, ni bien loin.

— Heureusement, car tu sais, depuis
l'affaire des cloches, maman ne me permet
plus de m'en aller sans que je lui dise où je
vais.

— Oui, je sais. Voilà comment nous
nous y prendrons : nous choisirons demain, car c'est le jour des lettres et Mademoiselle est occupée l'après-midi avec
ceux qui doivent écrire à leurs parents. Ta

maman te laissera venir avec moi, si je lui
en demande la permission et tout ira bien.

C'est ainsi que le jour suivant, dès une
heure, on peut voir nos deux inséparables,
cheminant côte à côte, s'éloigner du village et se diriger vers les bois.

— Allons vite! dit de temps en temps
Maxime à son compagnon qui trotte de
toute la vitesse de ses petites jambes; allons vite! Si nous voulons avoir le temps
de jouer toute notre belle histoire, il faut
un peu nous dépêcher. Et il se retourne, de moment en moment, afin de s'assu-
rer qu'ils ne sont pas suivis et qu'ils voya-
gent bien « incognito ». A cette heure, les
paysans font leur sieste et l'on ne rencontre personne sur la route. Autrement, on
serait étonné en voyant l'attirail dont sont
chargés nos petits Robinsons. Maxime a
sur le dos un vieux sac d'école qu'il a trouvé
dans le galetas. La quantité de choses en-
tassées dans ce cartable le fait presque
éclater aux coutures déjà fort usées.

Félix porte sur son épaule un faisceau

de perches de différentes grandeurs. De l'autre main, il tient un mouchoir noué aux quatre coins. On en voit sortir des objets très hétéroclites : de la ficelle, une bougie, un morceau de pain et le col d'une bouteille pleine de lait.

Que veulent-ils faire de tout cela?

Il fait chaud, aujourd'hui, et quand ils atteignent l'orée du grand bois, nos voyageurs laissent échapper un vrai soupir de soulagement en se jetant sur l'herbe molle.

— Ce sera notre première halte, explique Maxime qui ne veut pas perdre de vue la réalité du récit. Pour gagner du temps, tout en nous reposant, viens ici, je veux te dire comment tu t'appelles.

— Comment je m'appelle ? Mais je le sais bien ; je m'appelle Félix Picard.

— Je le sais aussi. Mais dans notre jeu tu devra porter un autre nom ; tu t'appelleras Vendredi.

— Vendredi?... mais ce n'est pas un nom de garçon cela ; c'est le nom d'un jour de la semaine et je ne voudrais pas m'ap-

peler ainsi, même si j'étais un jour. Je
préfère Dimanche ou Jeudi.

— Ecoute Félix ; il faut que je t'explique
un peu les personnages de l'histoire que
nous représenterons dans notre jeu. Moi,
je serai Robinson, un marin jeté par un
naufrage sur une île déserte. Tous mes
compagnons auront péri dans la tempête.

Je serai donc seul, tout seul et très triste
pendant longtemps jusqu'au moment où
je pourrai délivrer un jeune sauvage des
mains des cannibales qui voulaient le mettre à mort pour le manger.

Ce jeune sauvage, ce sera toi ; tu seras
reconnaissant, tu m'aimeras et tu resteras
avec moi jusqu'à mon retour en Europe.

Je t'aimerai, moi aussi, et je t'appellerai
Vendredi.

— Pourquoi Vendredi? Je t'ai déjà dit
que ce nom ne me plaît pas. Je préfère con-
tinuer à m'appeler Félix ; ce sera également joli dans le jeu.

— Non, non, ce n'est pas possible. Tu
t'habitueras vite à ton nouveau nom et tu

verras combien ce sera amusant. En attendant, il faut que je te fasse une tête!

— Une tête? Mais la mienne est toute faite.

— Oui, je sais. Mais une tête de Vendredi, de jeune sauvage, tu comprends. Viens ici.

Et tout en parlant, Maxime a ouvert le vieux sac et en a sorti une boîte en fer-blanc, quelques plumes de pigeon et un beau ruban rouge, cadeau de Louis Luquin qui l'a gagné au jeu de l'arc.

— Tu dois avoir la peau noire comme les sauvages de ce pays lointain, dit Maxime en enduisant d'une suie huileuse ses deux mains qu'il passe rapidement sur la figure du petit Félix. Celui-ci, tout ahuri, se laisse faire, partagé qu'il est entre le mécontentement et la curiosité.

Prestement, Maxime a ébouriffé l'épaisse chevelure de Félix qu'il entoure du ruban rouge dans lequel il passe les plumes qu'il a apportées.

— Tu es parfait! sais-tu, mon cher Ven-

dredi, dit-il à Félix de plus en plus aba-
sourdi. Maintenant ton costume. Et il lui
enlève son tablier à manches, qu'il rem-
place par une branche flexible de feuillage
cueillie au prochain buisson de clématite.
Cela va très bien ainsi. Maintenant vite
mon costume à moi !

Ce costume est des plus sommaires :
une blouse de grosse toile grise et un vé-
nérable casque à mèche, propriété du vieux
Jérôme.

— Je crois qu'ainsi nous représentons
tout à fait les personnages de l'histoire,
dit Maxime en pliant les deux tabliers
qu'il met, ainsi que les chapeaux de toile,
dans l'inépuisable vieux sac.

— Et maintenant, nous allons au-devant
d'aventures. Tu vas voir.

Vendredi s'est chargé du sac, attaché au
bout d'une solide perche de bois.

Robinson marche auprès de lui, dans
une attitude méditative : tel devait être le
héros de l'histoire au cours de ses expédition dans l'île déserte.

— Il nous faut songer à notre nourriture, Vendredi, dit-il quand ils se sont un
peu enfoncés dans la forêt, nous allons
faire une cueillette de tous les fruits que
nous trouverons et nous les mangerons
avec du lait et du pain dont je me suis ap-
provisionné ce matin. Peut-être, ajoute-t-
il plus haut, trouverons-nous des noix de
coco et des bananes dans cette forêt vierge,
qu'en penses-tu, Vendredi ?

— Les noix ne sont pas mûres encore ;
ce n'est pas une forêt vierge : c'est une forêt de sapins.

— C'est vrai, mais j'ai dit cela pour faire
semblant d'être dans des pays chauds.

— Oui, il fait chaud, murmure Félix.

— C'est très amusant, n'est-ce pas ?

Le compagnon de Robinson ne se prononce pas. Il fait assez piteuse mine, avec
sa petite figure noire et son expression inquiète.

Docile aux ordres reçus, il cueille des
framboises et les myrtilles oubliées dans
les taillis.

Quand il en a une assez grande quantité, Robinson s'assied en faisant signe à Vendredi d'en faire autant.

— N'est-ce pas qu'on s'amuse bien, dit Maxime, en mordant à belles dents dans son pain et en buvant le lait, à même la bouteille.

— Mange et bois, cher Vendredi, dit-il, en lui présentant des fruits, du pain et la bouteille de lait.

Puis on se remet en route. La forêt devient de plus en plus profonde : les arbres s'élèvent en hautes futaies, le sol est tapissé de mousse épaisse, dans laquelle les pieds des petits voyageurs fatigués enfoncent mollement.

— Je voudrais bien de l'eau, dit un peu plus tard Vendredi, qui transpire sous sa couche de suie.

— Nous en trouverons bientôt. Voici une clairière ; un peu plus loin, nous rencontrerons sans doute une source, et peut-être un campement de sauvages, de cannibales, qui sait ?

— Cela non ! je ne veux pas y aller !
s'écrie le pauvre petit noir. Je n'aime pas
les sauvages, moi ! ils me font peur !

— Ne vois-tu pas que c'est pour rire que
je te dis cela ? reprend Maxime impatienté
des terreurs puériles de son Vendredi.
C'est un pâturage qui se trouve là, non loin
des bois, et voici justement un bassin avec
de l'eau.

— Quel bonheur ! s'écrie Félix en courant auprès du tronc d'arbre creusé et à
demi rempli d'eau cristalline.

Mais que découvre-t-il dans cet objet
pourtant si simple ?

— Je ne veux pas ! je ne veux pas ! j'ai
peur des sauvages, moi ! s'écrie-t-il terrifié
en se rejetant en arrière à la vue de l'image
noire et ébouriffée que lui renvoie le cris-
tal du bassin.

Et de ses yeux effrayés il cherche autour
de lui les sauvages dont Robinson lui a
prédit le voisinage probable.

— Tu n'es qu'un nigaud, mon pauvre
Félix. Ne comprends-tu pas que c'est toi-
même, Vendredi, que tu as vu dans l'onde
du bassin ?

— Non, ce n'est pas moi ! c'est un garçon noir et sauvage ! Je ne veux plus le
voir, gémit Félix désolé.

Robinson comprend qu'il ne faut pas in-
sister.

Rapidement, il rince la bouteille qui con-
tenait le lait ; il la remplit d'eau fraîche et
la tend à Vendredi qui se désaltère à longs
traits.

— C'est déjà tard ! dit Robinson, qui ne
désire pas rencontrer les bergers du pâturage, il nous faut songer au retour.

En effet, l'après-midi semble toucher à
sa fin ; le soleil ne doit pas tarder à se ca-
cher, et quand ils se sont de nouveau en-
gagés dans le bois, nos voyageurs ont le
sentiment de marcher dans la nuit.

Vendredi ne dit plus grand'chose.

— Sommes-nous encore loin de chez
nous ? Je suis fatigué.

— Nous serons bientôt de retour dans
notre caverne...

— Notre caverne ? Je ne veux pas aller
dans une caverne ! Je veux rentrer à la
maison !

— Ne te fâche pas. C'est une manière
de parler, comme dans l'histoire. Nous nous
sommes bien amusés tout de même, n'est-
ce pas, Vendredi ?

Pour toute réponse, le pauvre petit sauvage jette un cri de détresse. Son pied
vient de heurter une racine d'arbre et il
tombe lourdement à la lisière de la forêt.

— Maman ! maman ! s'écrie-t-il désespéré. Je veux voir maman ; j'ai peur dans
ce bois noir !

— Tais-toi ! tais-toi ! J'entends des gens qui viennent ; ce sont peut-être des brigands !

Et comme Vendredi ne cesse pas de se lamenter :

— Tais-toi ! Voilà un animal féroce, un lion peut-être !

C'est bien vraiment un animal que cette énorme bête jaune qui se jette sur le petit sauvage et passe sa grosse langue mouillée sur le visage noir, qu'il dévernit par places.

— Ce n'est pas un lion ! c'est Bistouri ! s'écrie joyeusement Félix en reconnaissant le gros bon chien du docteur.

— Bistouri ! qu'y a-t-il ?

Et le docteur en personne apparaît bientôt.

Il ne peut s'empêcher d'éclater de rire en découvrant Robinson et son fidèle Vendredi.

— Voilà une découverte qui n'est pas banale, mes bonshommes. Vous me raconterez plus tard votre histoire.....

Pour le moment, il est bientôt nuit ; je

11

ne puis vous laisser ici. Je vous emmène avec moi !

Et prompt comme la pensée, il prend Vendredi dans ses bras pour le porter dans sa voiture, tandis que Robinson, chargé de son sac, suit en compagnie de Bistouri.

Un grand nombre de gens sont rassemblés sur la place du village lorsque la voiture du docteur s'y arrête.

Les colons sont là, avec Mademoiselle, la famille Picard et le vieux Jérôme, inquiets, les uns et les autres, de l'absence prolongée de Félix et de Maxime.

— Où peuvent-ils bien être encore, ces malheureux enfants? dit madame César, en regardant le grand-père qui partage son anxiété.

— S'ils ne sont pas de retour dans un moment, nous ferons une battue dans la forêt, dit Marc-Henri. Ils ne peuvent être que là, et je ne crois pas qu'il y ait à craindre pour eux.

— Les voici! s'écrie Louis Luquin qui a de la peine à reconnaître, sous leurs accoutrements, ses petits compagnons de pension lorsqu'ils descendent de la voiture du docteur.

— Je n'ai pas le temps de m'arrêter, car je suis attendu, dit le médecin avec un salut à la ronde, et il repart aussitôt.

Maxime et Félix sont entourés par tous les assistants. Maxime reste là, un peu inquiet, ne sachant trop quel sort lui sera réservé pour son escapade.

Félix, lui, ne réfléchit pas et jamais jeune sauvage plus heureux ne s'est jeté dans les bras de sa mère.

Après les effusions, les explications, madame César et Mademoiselle essayent bien de gronder ; mais elles sont désarmées par le franc aveu des deux petits garçons.

— Nous avons joué l'histoire de Robinson, dit Maxime.

— J'ai été son Vendredi, ajoute Félix.

— Pourquoi partir sans permission et nous inquiéter ainsi ?

— Maman avait permis à Maxime de me prendre avec lui...

— Mais vous vous êtes bien gardés d'expliquer ce que vous vouliez faire ! reprend
madame César qui est trop heureuse du retour des enfants pour songer seulement à
les punir.

— Vivent les acteurs de la belle histoire !
s'écrient les colons qui font escorte à Robinson et à son Vendredi.

Une désobéissance punie.

A vingt-cinq minutes en dessous du village, serpente le principal cours d'eau de la contrée, petite rivière torrentueuse qui descend du sommet de la montagne en ruisselets boueux et jaseurs en temps de pluie. En temps ordinaire, la petite rivière « Le Nant », comme la nomment la plupart des gens du pays, a un volume d'eau juste assez gros pour faire tourner la roue des deux scieries établies dans le vallon, après quoi, débarrassée de son limon, elle s'en va toute bleue et tranquille porter ses ondes dans le grand lac.

Mais avant de quitter la commune où sont logés nos petits colons, elle alimente encore « les bains ».

« Nos bains », disent couramment les garçons du village pour désigner une grande vasque aménagée en dessous des

scieries, au moyen d'une digue qui retient les eaux du torrent. Il est vrai que lors des grandes chaleurs, « les bains » ne contiennent de l'eau que juste assez pour couvrir les baigneurs assis au fond du bassin.

Mais cette année, l'eau est loin de manquer et la vasque ne risque pas de se trouver à sec.

Les colons ont appris des petits villageois le chemin des « bains » et plus d'un, en contrebande, a accompagné ses amis pour voir d'abord, pour se plonger dans l'eau ensuite.

Chaque samedi, à la fin de l'après-midi, tous nos amis vont se baigner sous la surveillance de l'instituteur qui a offert à Mademoiselle de les y conduire en même temps que ses propres enfants.

Pas un de nos colons ne manque à l'appel quand il s'agit de partir pour « Le Nant ».

Outre le plaisir de jouer dans l'eau tiédie par les rayons du soleil, nos amis trouvent une grande joie à faire la double course avec l'instituteur qui se montre, pour eux tous, le meilleur des maîtres.

Justin, le petit infirme, n'a rien exagéré quand il leur a parlé de l'amour de monsieur Béraud pour l'enfance. La seule chose dont il ne leur a pas fait mention, c'est de sa ferme autorité et sa volonté d'être obéi, parce que Justin étant docile, n'a jamais eu l'occasion de constater ces traits du caractère de M. Béraud.

— Tu ne devines pas ce que nous aurons aujourd'hui pour notre goûter, disait Jean Borel à son ami Gustave Lambert en revenant des bois.

— Quoi donc?... mais aujourd'hui c'est samedi et tu sais bien que nous ne devons pas manger au milieu de l'après-midi, le jour de notre bain.

Jean se rappelle les recommandations de Mademoiselle.

— Quel dommage! Quelle bonne chose nous aurait-on donnée?

— Je ne sais pas si nous en aurions eu aujourd'hui... mais ce que je sais bien, c'est qu'on a cuit au four à la ferme et que j'ai vu les plus belles galettes au beurre, les plus appétissantes qu'il y ait, ajoute-t-il en se passant la langue sur les lèvres.

— Vraiment? et où sont-elles?

— A l'entrée de l'office, à côté de la chambre du four, avec des tartes aux prunes en quantité et quelques tartes aux pommes.

— Quel régal ! cela fait venir l'eau à la bouche, rien que d'y penser.

— Veux-tu les voir ?

La bande s'est dispersée et nos deux amis se dirigent du côté de la ferme où ils demeurent.

La fermière est au jardin, occupée avec sa servante à cueillir des haricots.

— Allons vite, dit Jean en pressant le pas, et, sans être vus de personne, nos garçons s'enfilent dans l'office.

Jean n'a rien exagéré.

Sur des rayons fixés au murs, de grosses miches sont alignées, tels des soldats en ordre de bataille. Qu'ils sont beaux et appétissants, ces pains à la croûte dorée, et comme ils fleurent bon ! Au-dessous du rayon des miches, sur une autre planche, s'étalent les tartes et les galettes au beurre.

Jean et Gustave restent là, les dévorant des yeux.

— Quelle quantité il y en a ! s'écrie Jean ;
je ne croyais pas en avoir vu autant.

— Certainement l'une d'elle devait nous
être destinée.

— Sans doute ! mais puisque nous ne
pouvons pas manger aujourd'hui...

— Crois-tu vraiment que cela nous ferait
du mal d'en goûter un peu ?

— Je ne sais pas, dit Jean à qui cette
idée « d'en goûter un peu » rend les yeux
brillants de convoitise. Veux-tu que j'aille
demander à madame Annette ?

— Ne demande rien du tout. Si nous
voulons en manger, nous sommes assez
grands pour nous servir, il me semble, et
personne ne s'inquiétera de cela.

Un moment plus tard, nos deux gamins
étaient assis derrière la maison du côté
opposé à celui où la fermière et sa servante cueillaient encore des haricots.

Gustave Lambert achevait de dévorer à
belles dents la seconde moitié d'une galette.

Jean le regardait stupéfait. Pris de re-

mords, il n'avait pas voulu goûter la galette, mais il se sentait quand même com-
plice de la faute de son ami.

— Que faire, maintenant ? se demande le
pauvre Jean, tourmenté par sa conscience.

Il en est là de ses réflexions quand un
coup de sifflet strident se fait entendre.

— Ce sont les colons qui partent pour
le bain... que faire ? répète-t-il angoissé, en
suivant Gustave qui a déjà rejoint ses compagnons sur le chemin.

— La journée est particulièrement
chaude, dit M. Béraud, après avoir répondu
au salut des enfants ; le bain sera agréable,
aujourd'hui. Vous vous sentez tous bien,
n'est-il pas vrai ?

La mine joyeuse et l'air de santé des
« baigneurs » répondent pour eux.

Un quart d'heure plus tard, nos garçons
s'ébattent à qui mieux mieux dans la vasque profonde.

On ne perçoit que le clapotis de l'eau et
le rire joyeux de la troupe des baigneurs,
quand un appel désespéré se fait entendre.

— M. Béraud ! au secours ! au secours !

— C'est Jean qui pousse ce cri, en voyant s'affaisser lourdement Gustave Lambert.

— Qu'y a-t-il ? s'écrie le maître en accourant.

Louis Luquin, Emile Renaud et Lucien Franel ont relevé Gustave et ils le déposent sur le rivage où M. Béraud lui donne tous les soins possibles pour le faire revenir à lui.

A la hâte, les baigneurs, ont enfilé leurs vêtements ; ils sont tous là autour de M. Béraud qui pratique la respiration artificielle et use d'énergiques frictions pour rappeler à la vie le corps de Gustave qui reste longtemps inanimé.

— Que peut-il bien avoir eu ? murmure l'instituteur avec un soupir de soulagement, au moment où Gustave rouvre enfin les yeux.

Un grand sanglot répond aux paroles de l'instituteur, et quand il se retourne il voit Jean Borel tout en pleurs devant lui.

Il est trop occupé avec Gustave pour

s'inquiéter du petit désolé qui répète avec désespoir :

— C'est ma faute, Monsieur Béraud, oh ! que faire ?

— Reste tranquille maintenant; nous parlerons plus tard...

En ce moment, arrive au grand trot, le fils du propriétaire de la scierie la plus voisine, que Louis Luquin a couru chercher.

— Où est notre malade ? dit-il, en mettant pied à terre. Ah ! le voilà. Il est encore bien pâle, mais s'il est bien soigné, cela ne sera pas grave. Ma mère est déjà occupée à bassiner le lit où nous le mettrons tout à l'heure.

M. Béraud monte sur le char avec Gustave qu'il soutient dans ses bras.

— Nous nous retrouverons à la scierie dit-il aux garçons.

Après avoir vu le « noyé » endormi dans un lit bien chaud, M. Béraud rejoint les garçons, qui l'attendent dans la cour de la maison voisine.

— Comment va Gustave ? lui demande-
t-on.

— Il est hors de danger, mais je ne m'explique pas ce qu'il peut avoir eu, s'il n'a
rien mangé depuis midi surtout.

Comme au bord de la grande vasque, le
petit Jean Borel est là, avec une mine toute
désolée et de grosses larmes dans les yeux.

— Tu entends, il va mieux, beaucoup
mieux ; demain il sera tout à fait guéri.
Gustave est ton ami, n'est-ce pas ? vous
êtes dans la même maison, chez la fermière
Annette ?

— Oui, répond Jean, en recommençant
à pleurer, malgré lui.

— Qu'as-tu donc mon petit ? tu as entendu que Gustave sera demain aussi bien
qu'il était avant le bain d'aujourd'hui.
N'es-tu pas content ?

— Oh oui ! très content ! mais...

— Mais quoi ?

— Mais c'est ma faute tout de même,
monsieur Béraud.

L'instituteur ne comprend pas le chagrin

persistant du garçonnet, alors que la cause n'en existe plus. Il soupçonne une peine, peut-être une faute qu'il ne peut s'expliquer. Sans mot dire, il prend le petit Jean par la main et l'entraîne à une certaine distance des garçons qui continuent à discuter sur l'événement du jour.

— Raconte-moi tout, mon enfant, dit-il en s'asseyant sur une grosse bille de bois.

— C'est ma faute ! monsieur Béraud, dit Jean, qui reste debout devant le maître. C'est ma faute et il aurait pu mourir !

— Comment cela ?

— C'est moi qui lui ai dit qu'on les avait cuites aujourd'hui ; c'est moi qui les lui ai montrées...

— Montrées, quoi ?

— Les galettes au beurre.

Cette simple parole jette pour M. Béraud, un trait de lumière sur l'inexplicable aventure.

— Vous aviez donc mangé ? imprudents que vous êtes.

— Gustave, oui ; moi, non.

— Pourquoi ?

— Je n'osais pas en prendre sans la permission de madame Annette.

A mesure qu'il avance dans sa confes-
sion, le cœur de Jean se fait moins lourd.

— Et s'il ne s'était pas guéri, s'il était
mort, ce serait ma faute ! C'est affreux cela,
monsieur Béraud, s'écrie-t-il en sanglo-
tant.

— Heureusement que rien de semblable
n'est arrivé, dit affectueusement l'instituteur en passant la main sur la tête de Jean
Borel. Tu vois, mon garçon, combien ta
désobéissance aurait pu avoir de graves
conséquences.

— Malgré tout, c'est ma faute ! reprend
Jean qui sent le poids de sa responsabilité. Que dois-je faire, à présent ?

— Tu raconteras tout à madame Annette ; tu lui diras tes regrets, tu lui de-
manderas son pardon et quand elle te
l'aura accordé, tu t'efforceras de ne plus
tomber dans de semblables fautes et tu

seras toujours un bon petit garçon, bien sage, honnête et obéissant. Le veux-tu?

— Oh oui! monsieur Béraud, de tout mon cœur? s'écrie notre Jean en s'élançant du côté de la ferme où il veut tout dire à madame Annette avant le retour de Gustave.

Une journée néfaste. — L'incendie.

« Les jours se suivent et ne se ressemblent pas ». Le commencement du séjour de nos colons dans le Jura mit en défaut ce proverbe si connu.

Les jours se suivaient et se ressemblaient par la sagesse de nos garçons, leur docilité, leur obéissance, leur douceur et leur patience, à tel point que leurs mères adoptives n'étaient pas loin de croire que les enfants de Genève sont d'une autre espèce que ceux du canton de Vaud.

Mais au bout de peu de temps, le proverbe en question reprit tous ses droits.

Les colons ont fait connaissance avec le nouveau milieu dans lequel ils vivent. La gêne des premiers jours a fait place à plus de familiarité ; les petits défauts de chacun ont recommencé à se faire voir ; la voix qu'on entendait à peine s'est, tout naturellement, élevée d'un ton ou même de deux, et les mamans adoptives du Jura, en se racontant les faits et gestes de leurs petits hôtes, terminent leurs récits par ces paroles significatives :

— Que voulez-vous ? les enfants sont partout les mêmes ; il n'y en a pas un de parfait !

Justement, la fermière Annette contait à madame César ce qui était arrivé à Gustave Lambert, quand tout à coup, celui-ci en personne se trouva devant les deux paysannes.

— Où est votre mari ? je le cherche partout, sans le retrouver, demanda-t-il.

— Il est parti ce matin pour la forêt, avec Marc-Henri qui s'occupe du bois du vieil Antoine. Que lui veux-tu mon garçon ?

— Ne vous effrayez pas, madame Annette ; mais ils ont mis le feu à la grange.

Sans attendre de plus amples explications, la fermière part en courant.

Oui, comme l'a dit Gustave, le feu est
dans la grange. De la porte à demi-ouverte,
une fumée épaisse s'échappe en tourbil-
lons ; des flammes qui consument le montant de bois sortent toujours plus épaisses.
Non loin de là, tous les colons, réunis pour
le départ du matin, s'agitent et courent en
criant :

— Au feu ! Au feu !

Et point d'hommes pour maîtriser ce
commencement d'incendie ! Le fermier est
au bois avec ses deux valets.

Prompte comme l'éclair, madame Annette a couru chercher une grande seille qu'elle remplit à la pompe et rapporte, en criant aux plus grands des garçons :

— Allez prendre des seaux dans le hangar et faites la chaîne.

La fontaine communale est à deux pas de là. C'est sous son hangar que les seaux à incendie sont remisés. Bientôt les garçons les ont décrochés et ils arrivent avec de l'eau qu'ils jettent, chacun à son tour, sur le brasier ardent.

La porte de la grange n'existe plus; le plancher est en feu; en flammes aussi un gros tas de paille.

Courageusement, chacun des sauveteurs s'avance sur le lieu de l'incendie, à mesure que le feu recule. La chaîne se fait très régulièrement.

Peu à peu de nouveaux secours arrivent, et au bout d'un quart d'heure, l'incendie est presque éteint.

On ne voit plus de flammes; seulement une fumée épaisse et âcre, s'élève dans l'air, mêlée à la vapeur de l'eau abondam-

ment répandue sur les débris carbonisés.
Quand tout danger est écarté, chacun se
demande quelle a pu être la cause de l'incendie.

Personne ne couche dans cette grange;
nul n'y a pénétré avec une lumière, d'où
est donc venu ce feu? Mademoiselle qui,
elle aussi, a pris part à la chaîne, réunit
ses colons dans le verger de sa pension.

— Personne ne sait-il, dit-elle, comment
a commencé le feu?

Pas de réponse ou plutôt un « non » éner-
gique prononcé par tous les garçons présents.

— Où est Jean Borel? et Charles Bernard? Où sont Maxime, Paul Bertin, Georges Ardin? dit tout à coup Mademoiselle,
qui s'est aperçue de l'absence des plus jeunes de ses colons.

— Ils n'étaient pas à la chaîne. Qui sait
où ils se tiennent maintenant, dit Gustave
Lambert, en se levant pour aller à leur
recherche.

Les bambins ne sont pas très éloignés et

quand il arrive dans la cour de la ferme, il les aperçoit à la même place, où quelques jours plus tôt, il avait lui-même dévoré la galette.

— Que faites-vous là ? pourquoi ne venez-vous pas avec les autres ?

Les garçonnets n'ont pas l'air à leur aise; ils semblent tous fort penauds.

— Que faites-vous là ? Venez.

— Laisse-nous, répond le premier, Georges Ardin. Nous aimons mieux rester ici.

— Mais nous sommes tous réunis dans le verger, Mademoiselle vous attend.

— Nous ne voulons pas voir Mademoiselle, dit Paul Bertin.

— Ni madame Annette, ajoute Jean Borel, en baissant la tête d'un air très malheureux.

— Pourquoi ? dit Gustave. Puis tout à coup :

— Ah ! je comprends ! vous avez peur, sans doute, qu'on vous demande si vous savez quelque chose sur la cause de l'incendie.

— Ne dis pas cela, Gustave ; ce n'est pas notre faute, si le feu est tout de suite devenu si grand.....

— Nous voulions seulement faire un tout petit feu de joie.....

— Comme au 1ᵉʳ août.

— Et le feu est devenu si grand, si grand, que nous avons pris peur et que nous nous sommes enfuis en tirant la porte...

— Un feu de joie dans une grange ! Vous êtes fous, mes pauvres gamins ! Pourquoi dans la grange ?

— Les allumettes ne voulaient pas brûler dehors ; c'est pour cela... répond Paul qui semble vouloir prendre sur lui toute la responsabilité du désastre.

— Maintenant, venez, dit sérieusement Gustave. J'ai annoncé à Mademoiselle que je venais vous chercher.

— Que dira-t-elle ? que diront madame Annette et le fermier, quand ils sauront que c'est nous.....

— Tu ne nous accuseras pas, Gustave, s'écrie Jean Borel dans un élan de désespoir.

— Non, je ne vous accuserai pas. C'est vous-mêmes qui expliquerez la chose à Mademoiselle ? Elle vous aidera à tout confesser au fermier et à la fermière.

— Je pars le premier, mais je vous promets que je ne dirai rien de ce qui vous concerne.

Un moment plus tard, les petits incendiaires inconscients se trouvent auprès de Mademoiselle à qui ils font, au milieu des larmes de repentir, l'aveu de leur sottise du matin.

— C'est très grave, mes enfants, dit la bonne maîtresse, attristée que ses garçons soient la cause de tout ce mal.

— Je sais bien que vous n'avez pas allumé volontairement cet incendie, dit madame Annette que Mademoiselle a fait appeler. Dans ce malheur, il nous faut être encore heureux que les dégâts ne soient pas plus considérables. Toute notre récolte de l'année aurait pu y passer.

Les petits garçons restent la tête baissée, n'osant affronter le regard de la fermière et de Mademoiselle.

— Pourrez-vous jamais nous pardonner?
demande Jean Borel, à voix basse. Et le
fermier, que dira-t-il?

— Il dira, comme moi, que vous êtes des
enfants imprudents et que si vous aviez
obéi, en ne touchant pas aux allumettes,
vous n'auriez jamais mis le feu nulle part.

— Nous pardonnerez-vous? répète Jean,
en levant sur Mme Annette des yeux bai-
gnés de pleurs et chargés de repentir.

— Nous verrons, répond la fermière qui
ne peut rien promettre sans l'assentiment
de son mari.

Punition et réparation.

Ce n'est que le soir que les cinq coupables peuvent comparaître devant le fermier François.

En attendant ce redoutable moment, ils passent par toutes les transes possibles, partagés qu'ils sont entre la terreur et le remords.

Le fermier François est grand ; il a la figure sévère, des sourcils noirs qui se rejoignent au-dessus du nez et une voix si forte qu'il semble gronder même quand il dit tout simplement : « Bonjour, mes amis ».

Les pensionnaires de la ferme n'ont pas grand'chose à faire avec François. Ils le craignent plus qu'ils ne l'aiment et réservent leur préférence pour sa femme Annette, leur bonne mère adoptive.

Quand ils sont introduits dans la grande
cuisine, le fermier François vient d'achever
son repas du soir. Il est accoudé sur la table et sa figure est plus sévère que jamais.

— Ah ! vous voilà ! dit-il en voyant les
petits garçons qui s'avancent, la tête basse,
tout timides et tremblants, et cherchant à
se dissimuler les uns derrière les autres.
Mademoiselle les accompagne et répond
seule au grave salut du fermier.

— Ah ! vous voilà ! reprend celui-ci.

C'est vous qui avez fait ce beau travail pendant que nous étions à la besogne, dans la forêt.

Pas de réponse.

— Savez-vous ce que vous mériteriez pour avoir fait flamber ma grange, petits incendiaires que vous êtes ?

— Pardon ! oh ! pardon, monsieur François, s'écrie Jean Borel, pris d'une grande terreur.

— On n'accorde pas comme cela son pardon aux garnements qui mettent le feu aux granges. Dans notre canton, on met les incendiaires en prison.

Ces paroles du fermier affolent les bambins.

— Nous n'avons pas voulu mettre le feu à la grange, monsieur François, nous ne l'avons pas fait à dessein ! s'écrie Paul tout en larmes.

— Il ne manquerait plus que cela ! reprend sévèrement le fermier.

— Nous ne pouvions pas allumer notre feu en plein air..... alors, nous avons pensé le mettre à l'abri, murmure Maxime.

— Vous n'en êtes pas moins des incendiaires...

— Et nous irons en prison ? O ma pauvre maman ! s'écrie Charles Bernard, en se tordant les mains et en tombant à genoux.

— Vous mériteriez d'aller en prison, comme je vous l'ai dit... Il faut que vous soyez punis. Comprenez-vous ?

— Oui... oui...

— Mais pas en prison, je vous en prie... Oh ! pas en prison ! implore Charles Bernard.

— Si je ne vous y envoie pas, c'est que je pense à vos parents, qui sont de braves gens, à qui cela ferait trop de peine... Cependant je dois vous punir...

— Nous voulons bien être punis, mais la prison punirait aussi nos parents, dit Jean Borel, en paroles entrecoupées.

— Puisque vous reconnaissez votre faute, il faut que vous répariez le dommage que vous m'avez causé...

Et après un moment de réflexion :

— Les dégâts sont assez grands et les réparations à faire me coûteront cher. Il faut que vous m'aidiez à payer les frais...

Les enfants se regardent inquiets, car ils comprennent ce que cela veut dire : « payer les frais ».

— Nous n'avons pas d'argent, hasarde Maxime et nos parents...

— N'en ont sans doute pas à donner pour réparer la sottise de leurs enfants.

— Que faire ?

— Vous en gagnerez vous-mêmes...

— Oh ! oui, mais comment ?

— En faisant certains travaux pour lesquels je vous rétribuerai. Vous conserverez l'argent ainsi gagné et vous le consacrerez à payer les réparations de la grange. Voilà ce que je vous propose : ces deux-ci, dit-il en désignant Maxime et Paul, auront le soin de la cour de la ferme et du poulailler ; ces deux-là, en montrant Jean Borel et Georges Ardin, nettoieront les carreaux de légumes dans le plantage ; ils

arracheront les mauvaises herbes et don-
neront de l'eau au jardin potager. Et ce
bambin, dit-il, en désignant le petit Charles Bernard se rendra utile à la fermière
Annette en lui faisant des commissions et
en s'employant à son service.

— Vous avez encore dix jours à rester
au village ; d'ici là, vous aurez réparé votre
sottise ou à peu près. Il va sans dire, ajoute
le fermier en regardant Mademoiselle, que
je vous emploierai pendant les heures libres
que votre maîtresse vous laissera. Est-ce
compris ? et cela vous va-t-il ?

— Oh ! oui, monsieur François, oui, oui
et merci !

Les visites à Justin.

Les jeunes colons n'ont point oublié la promesse qu'ils ont faite à Justin, le petit infirme, depuis leur première visite à la maison aux tournesols, ils y sont souvent retournés voir leur nouvel ami.

Pour éviter de la fatigue au jeune malade, Mademoiselle a trouvé qu'il valait mieux ne pas s'y rendre tous à la fois, mais par petits groupes. De cette manière Justin a chaque jour le plaisir de recevoir une visite.

Chacun lui apporte, avec sa gaîté et sa bonne humeur, quelque nouvelle sensationnelle de la vie des colons, ce qui l'intéresse au plus haut degré. Maxime Calame et Félix Picard, que l'on voit toujours ensemble, vont de compagnie faire leurs visites à Justin.

Ce sont eux qui l'ont mis au courant de leur mésaventure du clocher et de l'expédition de Robinson et de son Vendredi. Justin, qui avait entendu la sonnerie insolite, blâme les bambins pour leur sottise et rit des exploits des aventureux explorateurs.

— Qui t'a donné l'idée de jouer à Robinson ? demande-t-il à Maxime.

— C'est Mademoiselle, ou plutôt, c'est l'histoire qu'elle nous a lue dans un beau livre tout neuf, qu'elle a fait venir de la ville. Tu ne connais pas l'histoire de Robinson ?

— Non, pas encore.

— Si tu la connaissais, je suis sûr que tu l'aimerais. N'est-ce pas Félix qu'elle est belle ?

— Je crois que oui, dit le petit Vendredi, qui n'a guère conservé de toute son aventure dans l'île déserte qu'une impression mélangée de fatigue et d'effroi.

— Je prierai Mademoiselle de te prêter le livre, tu verras quelles belles images il renferme, et tu ne pourras t'empêcher de désirer, toi aussi, faire des voyages de découvertes... quand tu pourras marcher, ajoute-t-il gentiment, lorsqu'il lui semble voir une ombre de tristesse sur le visage de son ami.

C'est Lucien Franel qui a apporté à Justin le livre de Robinson prêté pour lui par Mademoiselle. Il lui en fait la lecture en l'entrecoupant d'explications qui font grand plaisir à son jeune auditeur.

Après Robinson, Lucien lui fournit aussi des journaux et des brochures. Ce sont des heures charmantes pour Justin que celles passées à entendre la voix sympathique de Lucien, chez qui se dessine vraiment la vocation d'instituteur tant rêvée par lui. Emile Renaud et Charles Bernard apportent au malade des fruits de la montagne qu'ils ont récoltés pour lui, au cours des promenades de la colonie. La vue des beaux fruits rouges arrangés avec goût sur des feuilles fraîches, leur appétissant parfum réjouissent le petit infirme.

Il ne peut s'empêcher, cependant, d'étouffer un soupir de regret.

— L'année prochaine, dit alors Emile avec persuasion, c'est toi qui cueilleras les fraises et les framboises dans les bois...

L'histoire de l'aéroplane « Le Jura » a été aussi racontée à Justin. Emile Renaud lui a lu, dans le journal, l'exploit de l'aviateur Blériot qui a traversé la Manche.

Maxime lui a expliqué, en détail, la confection de la queue des cerfs-volants et il lui a montré, avant de le porter dans la grange, le volumineux mouchet qu'il a confectionné avec l'aide de Louis Luquin et de Félix Picard.

Bien qu'il ne puisse, lui-même, prendre part à la vie si active et si remuante de nos petits colons, Justin s'intéresse de tout son cœur à leurs jeux.

— Combien j'aurais aimé le voir s'élever dans l'air votre beau cerf-volant, dit-il

à Emile Renaud au lendemain du lancement de l'aéroplane.

— Tu aurais eu vraiment du plaisir.

— Sans doute, mais ce n'est guère un
jeu pour moi, tu comprends...

Emile Renaud ne répond pas : il a déjà
un projet en tête.

Quelques jours plus tard, après le repas
de midi, tous nos colons, convoqués par
Emile, prennent le chemin de la maison
aux tournesols. Ils marchent doucement,
en jasant à petit bruit seulement, car ils
veulent que la surprise réservée à Justin
soit complète. Comme au premier jour,
c'est Emile Renaud qui manœuvre le cerf-
volant, et quand ils le voient planer dans
l'air, particulièrement pur ce jour-là, les
colons se mettent en marche en chantant un refrain aimé de Justin :

> Bons garçons ! commençons
> Notre marche et nos chansons !

Le petit malade est déjà installé au jardin.

— Les voilà, dit-il en entendant les voix.

Comme ils partent de bonne heure cette après-midi ! où peuvent-ils donc aller ?..

— Qui sait ? dit l'aïeule, assise auprès de lui. Eh ! vois-tu, ils s'arrêtent devant chez nous !

Ils s'arrêtent, en effet, et saluent joyeusement en agitant les chapeaux et en indiquant de la main une direction que Justin suit des yeux.

— Est-ce possible ? s'écrie-t-il en découvrant le grand beau cerf-volant qui plane dans le ciel bleu, tandis que sa longue queue décrit une courbe sinueuse. Est-ce possible ? Qu'ils sont gentils !

— Qu'est-ce donc ? demanda la grand'-mère dont les yeux fatigués ne peuvent découvrir l'aéroplane et qui ne s'explique pas la joie de son petit-fils.

— Je te raconterai, grand'mère. C'est « Le Jura » qu'ils ont fait venir jusqu'ici pour que je le voie...

Oh ! merci ! merci ! crie-t-il aux colons qui partent en ordre en répondant :

— Au revoir ! au revoir !...

Mademoiselle vient aussi de temps en temps voir le petit infirme.

Ces visites sont une vraie joie pour lui, car la bonne maîtresse a bien vite su trouver le chemin du cœur de l'enfant, ainsi que de ceux de la mère et de l'aïeule.

Elle sait leur parler de tant de choses qui les intéressent tous trois. Elle raconte également à Justin ces histoires dont elle a le secret, si vraies et si intéressantes qu'on voudrait les entendre... toujours.

Mademoiselle aime aussi à parler de ses chers colons, et elle a beaucoup à raconter sur « ses garçons », comme elle se plaît à les appeler.

Ce n'est pas de leurs gamineries, si nombreuses cependant, qu'elle entretient Justin. Il les a entendu narrer par leurs auteurs eux-mêmes. Mademoiselle parle de ce qu'ils taisent ; elle rappelle à Justin leurs bonnes actions : la récolte du blé dans le champ du vieil Antoine, la belle conduite de Louis Luquin envers M. Jérôme, le sacristain.

Elle raconte le remords de Jean Borel lors de la « noyade » de Gustave Lambert, le travail consciencieux et persévérant accompli par les petits incendiaires de la grange, pour réparer le mal qu'ils ont fait sans le vouloir.

Et, au cours de ces récits, Justin découvre combien il y a de bons sentiments dans le cœur de ses amis et il les aime chaque jour davantage.

Moulins à eau. — Moulins à vent.

La moisson est finie. Nos colons en ont suivi toutes les péripéties. Ils ont vu les faucheurs couper les épis dorés. Ils ont pris une part active à la moisson dans le champ du vieil Antoine. Ils se sont juchés sur les chars, le soir, à l'heure du retour des moissonneurs dans les fermes; plus d'un même a aidé à les décharger et à rentrer les gerbes dans la grange.

Dans quelques jours, chaque propriétaire portera sa récolte au battoir, sorte de hangar où est installée la batteuse mécanique.

Puis les grains seront envoyés au moulin ou portés chez le boulanger, qui fournira, en échange, aux familles des paysans, du pain pendant l'année.

— Est-ce que cela a toujours été ainsi ?
demandent Louis Luquin et quelques-uns
de ses amis qui se souviennent de lectures
faites en classe et de chants où il est
question de la roue qui tourne, du tic-tac
du moulin, du meunier enfariné...

— Non, répond le vieux Jérôme qui est
assis sur son banc avec Marc - Henri.
Autrefois, et il n'y a pas très longtemps
encore, les choses se passaient autrement :
nous battions notre blé nous-mêmes, nous
l'étendions sur l'aire et nous le frappions
avec des fléaux pour séparer le grain de la
paille.

— On le vannait ensuite, reprend Marc-
Henri, c'est-à-dire qu'on le secouait dans
une espèce de grande corbeille, afin que
les débris de paille s'envolent et que le
grain seul reste.

Puis on mettait tout le grain dans des
sacs que l'on portait au moulin.

— En ce temps-là, nous avions notre
moulin, dit le vieux Jérôme.

— Où donc ?

— Au fond du vallon où coule le Nant.

— Nous n'avons jamais vu de moulin, objecte Louis Luquin.

— Il n'existe plus maintenant, ou plutôt il a été remplacé par une scierie, après l'établissement d'un moulin mécanique dans la contrée.

— Un moulin mécanique?

— Oui. De même que le battage aux fléaux a été remplacé par la batteuse mécanique, le moulin à eau que nous avions autrefois a été remplacé par le moulin mécanique.....

— C'est grand dommage.

— Non pas, car le travail est plus vite fait et il est moins pénible.

Nos petits colons veulent bien croire ce que leur affirme Marc-Henri ; ils regrettent cependant l'aire, les fléaux et les moulins d'autrefois.

Tourne, tourne, mon moulin
Pour moudre
En poudre
Le blé dont on fait le pain.

> Quand le grain sort du moulin,
>   Farine
>   Bien fine
> De la farine on fait le pain.

Les petits chantent ainsi le joli chant du meunier. Les grands entourent Mademoiselle pour lui parler de roues et de moulins.

— Y a-t-il encore des moulins à eau ? demandent-ils.

— Oui, sans doute, mais ils disparaissent peu à peu.

— C'est ce que nous a dit Marc-Henri, mais nous le regrettons vraiment.

— Les moulins à eau étaient sans doute très jolis à voir, avec leurs roues mises en mouvement par la rivière, telles que celles des scieries voisines. Mais les moulins que l'on emploie aujourd'hui sont plus pratiques et ils réalisent un vrai progrès, quant au travail.

— Marc-Henri nous a aussi expliqué cela.

— Peu à peu, il n'y aura plus de moulins à eau, ni de moulins à vent.

— De moulins à vent ?

— Oui : des moulins qui, au lieu d'être actionnés par l'eau, le sont par le vent.

— Nous n'en avons jamais vu. N'y en a-t-il point dans notre pays ?

— Non. On en voit encore dans quelques départements de la France, en Belgique et en Hollande.

Et Mademoiselle parle de ces moulins aux grandes ailes que l'on voit tourner au souffle du vent.

— Les ailes d'un moulin ! comment peuvent-elles bien être !

— Figurez-vous de grands châssis, garnis de toile, dans lesquels le vent s'engouffre pour les mettre en mouvement : ces ailes font tourner les meules qui écrasent le grain.

— Je voudrais bien voir de ces moulins à vent, dit Léon Martin.

— J'en possède un, sur une image que je vous montrerai, dit Mademoiselle et je vous lirai un récit où il est question d'un moulin à vent.

C'est ainsi que le même jour, Mademoiselle lisait à ses colons attentifs « Le secret de maître Cornille », raconté par le narrateur incomparable Alphonse Daudet.

Dès ce moment, nos colons ne rêvent plus que de moulins et n'ont plus qu'un seul désir : établir des moulins pour leur compte.

Un des ruisselets qui descendent de la

montagne en cascatelles sautillantes voit
bientôt s'établir sur ses bords un moulin
ou plutôt une véritable roue de moulin,
munie de palettes que le mouvement de
l'eau fait tourner.

Le moulin est absent, mais la roue tourne
vite, vite. C'est Emile Renaud qui l'a construite pour son petit ami Charlot.

Non loin de cette première roue, tout le
long du torrent, on en voit bientôt s'établir d'autres qui mettent en mouvement
des tourniquets imaginés par le futur électricien Emile Renaud. C'est le grand jeu
du moment.

Mais bientôt les cascatelles tarissent,
faute d'eau.

— Il ne pleut plus et le vent du nord se
met à souffler, chassant les derniers nuages...

— Un vrai temps pour notre aéroplane!
s'écrient plusieurs de nos colons en courant chercher le grand cerf-volant dont ils
ne se lassent jamais.

— Un vrai temps pour les moulins à

vent! s'écrie Emile Renaud toujours tenté par quelque nouvelle découverte. Qui est pour les moulins à vent?

— Moi! moi! répondent Georges Palet, Louis Luquin et plusieurs autres.

Les ailes de moulins à vent sont moins faciles à réussir que les roues de moulins à eau.

Pour cette fabrication délicate, c'est Emile Renaud l'ingénieur en chef.

Il est vrai qu'il s'inspire, pour son travail, des idées de Mademoiselle ou de l'instituteur, toujours disposés à venir en aide aux jeunes colons.

Pour le moulin à eau, ou plutôt pour que l'on voie tourner une roue de moulin à eau, la présence du moulin n'est pas indispensable.

Pour que les ailes du moulin à vent puissent tourner, il faut qu'elles soient soutenues par la construction qui figurera le moulin.

— Je crois que j'y suis! s'écrie Emile, aprés avoir bien considéré la gravure que lui a prêtée Mademoiselle. Et il descend à la scierie où le fils du propriétaire lui fournit le bois nécessaire à sa construction.

Avec ses amis, il édifie un vrai moulin ! une sorte de tour, d'assez grandes dimensions, pour soutenir les quatre grandes ailes que l'on peut bientôt voir virer au sommet d'une falaise exposée à tous les vents.

———

Les adieux.

L'avant-veille du départ, la colonie au grand complet, s'arrête devant la demeure de Justin.

Tous veulent dire adieu à l'ami qu'ils laisseront étendu, immobile dans son jardinet, tandis qu'ils prendront leur essor.

— Que c'est donc triste, d'être malade ! dit Charles Bernard à Emile qui lui parle de Justin.

Comme à chacune de leurs visites collectives, nos garçons regardent par le portail. Est-ce un rêve ?...

La chaise longue est bien là, au pied des tournesols, dont les fleurs mûries s'égrènent, balancées par le vent, pour la grande joie des oiseaux.

La chaise longue est bien là, mais la figure souriante qu'ils avaient l'habitude de voir, appuyée sur l'oreiller, n'y est pas pour leur souhaiter la bienvenue...

— Qu'est-il arrivé? se demandent nos amis, saisis d'une curiosité un peu inquiète. Mademoiselle a poussé le portail, et suivie de Lucien et d'Emile, elle entre dans

le jardin, en faisant de la main un signe que ses colons connaissent bien, pour leur recommander la sagesse. Les visiteurs font quelques pas dans l'allée qui conduit à la maison...

Cette allée n'est pas très longue et leur surprise est grande en reconnaissant le groupe qui lentement, lentement vient à leur rencontre.

L'aïeule, la mère, et... Justin qui s'essaye à marcher, appuyé sur des béquilles soutenu, d'un côté par son docteur, de l'autre par monsieur Béraud.

— C'est la première fois, explique la mère, avec un sourire, tandis que ses yeux sont pleins de larmes. Il y a si longtemps qu'elle n'a pas vu son fils debout!...

— Vous voyez, ajoute l'aïeule, il ne sait presque plus marcher !

— Mais il rapprendra ! dit Mademoiselle en tendant la main aux deux femmes.

— Ce sera long, dit le docteur, mais il redeviendra aussi bien portant qu'auparavant... Courage n'est-ce pas ? Pour aujourd'hui, cela suffit, ajoute-t-il en prenant son malade dans ses bras pour l'étendre sur la chaise longue, tandis que monsieur Béraud se charge des béquilles.

Justin est très fatigué, mais il est joyeux, cependant.

— Ai-je vraiment marché? demanda-t-il quand il est de nouveau installé comme autrefois.

— Sans doute, dit le médecin en prenant congé.

Lucien et Emile se sont rapprochés de leur ami et ont pris ses mains blanches dans leurs mains brunies.

— Je suis si content de savoir que tu marcheras bientôt dit Emile Renaud.

— Tu nous écriras quand tu pourras aller jusqu'au portail, ajoute Lucien.

— Je vous écrirai souvent, car je ne vous oublierai jamais, mes chers amis de Genève ! Vous avez été si bons pour moi !

— Nous partons après-demain, dit Mademoiselle ; nous sommes venus vous dire adieu...

— Déjà après-demain ! Comme elles ont vite passé ces dernières semaines ! Je n'ai jamais trouvé le temps long depuis que vous êtes venus, dit Justin.

— Et que feras-tu, maintenant ?

— A présent, je serai souvent seul...
Mais je penserai à vous et je lirai les livres
que m'a donnés Mademoiselle.

— Nous t'en enverrons encore d'autres
de temps en temps.

Tous les colons, restés devant le portail,
commencent à s'agiter, impatients qu'ils
sont de voir leur ami Justin.

Lucien Franel les fait entrer un moment
dans le jardinet et il entonne avec eux tous
le chant de l'amitié et de l'adieu :

> Hélas ! pourquoi faut-il qu'un jour
> L'objet de notre tendre amour
>   Nous quitte ?
> Pourquoi, lorsqu'on s'entend si bien,
> Faut-il rompre ce doux lien
>   Si vite ?

Le retour.

Le séjour sur la montagne touche à sa fin. C'est demain qu'il faudra partir !

Le cœur de nos colons se trouve partagé entre le regret de laisser le beau Jura où ils ont été si heureux, et la joie de retrouver leurs chères familles qu'ils ont quittées il y a si longtemps.

La veille du départ est consacrée à un pèlerinage dans les lieux connus et aimés.

Voici, au pied des bois, le bouquet de hêtres. Les feuilles des arbres ont changé de teintes et les faînes, presque mûres maintenant, tentent la gourmandise d'une famille d'écureuils qui s'ébattent dans les branches. Les voici : un père, une mère au pelage foncé et quatre petits, semblables

à des boules jaunes, surmontées d'un pa-
nache.

En apercevant nos colons, tous battent
en retraite ; on entend quelques froisse-
ments dans le feuillage, puis plus rien !...

Vite une provision de faînes, pour gri-
gnoter en route, comme les écureuils, et

l'on s'engage dans le sentier qui monte.
Les fraises ont disparu, les framboises se
font rares, mais les mûres sauvages les
remplacent. Chemin faisant, nos colons

cueillent ces baies noires et juteuses dont ils se régalent, ainsi que les premières noisettes mûres dans les buissons.

Le pâturage est solitaire : plus de vaches avec leurs armaillis ; ils ont changé de séjour, sans doute.

Mademoiselle s'assied non loin du chalet. Les colons s'élancent, les uns à la cueillette des baies, les autres à la recherche de fleurs, pour faire le bouquet de montagne qu'ils porteront demain à leur chère maman. Chargés de fruits et de fleurs, nos enfants rentrent au village.

Ils obtiennent la permission de déposer dans le petit bassin de la fontaine les gerbes fleuries qu'ils retrouveront toutes fraîches le lendemain.

Puis, solennellement, ils vont sur la grand'route remettre aux garçons de l'endroit le beau cerf-volant qu'ils leur offrent en souvenir.

C'est le jour du départ. Toute la matinée est occupée par les préparatifs ; on entasse dans les sacs et dans les valises, les habits et les chaussures bien usés pendant les courses, tandis qu'on fait une minutieuse toilette. On bourre ses poches des provisions de bouche offertes par les « mères adoptives du Jura », on va chercher, à la fontaine, les fleurs pour les mamans...

Les chars sont là... C'est le moment des adieux. Les petits colons sont un peu émus en prenant congé de tout ce qu'ils ont aimé dans ce cher pays. Les villageois sont rassemblés pour saluer Mademoiselle et les enfants. On échange des poignées de mains, on s'embrasse, on promet de s'écrire... Et l'on monte sur les chars. Avant de partir, les colons font encore entendre le chant aimé de tous :

> O monts indépendants,
> Répétez nos accents,
> Nos libres chants !

. . . .

C'est aux cris répétés de : « Merci ! Merci ! Au revoir ! Au revoir ! que les chars s'ébranlent.

Jusqu'aux dernières maisons, les colons se retournent en agitant leurs chapeaux et leurs mouchoirs, et les habitants du village ne rentrent chez eux que lorsque les chars ont disparu.

Ceux-ci vont grand train à la descente. Nos petits amis parlent peu ; ils éprouvent ce serrement de cœur qui accompagne toute séparation.

— J'aurais bien voulu rester, tu sais ! dit le petit Charles au grand Emile en s'essuyant les yeux. Mais je suis content de revoir maman, tout de même...

— Et ta maman sera bien heureuse de revoir son petit Charlot avec la bonne mine qu'il a !...

— Tu crois ?

— J'en suis sûr.

— Oh ! quel bonheur ! Pauvre chère maman !

La descente se fait bien plus rapidement que la montée.

On est vite au bord du lac, où l'on retrouve les deux autres groupes de colons.

Tous ont des visages bronzés et de bonnes mines qui prouvent qu'ils ont bien profité de leur séjour.

A peine s'est-on salué que voici le grand bateau.

De nombreux voyageurs sont déjà installés. Ils regardent avec intérêt les bandes joyeuses des petits « montagnards » que sont devenus nos colons du Jura, avec leurs joues rondes, leur teint hâlé et leur air de santé. Que de choses on a à se raconter pendant le voyage en bateau ! Et puis l'on chante tous les chants d'école que l'on aime !

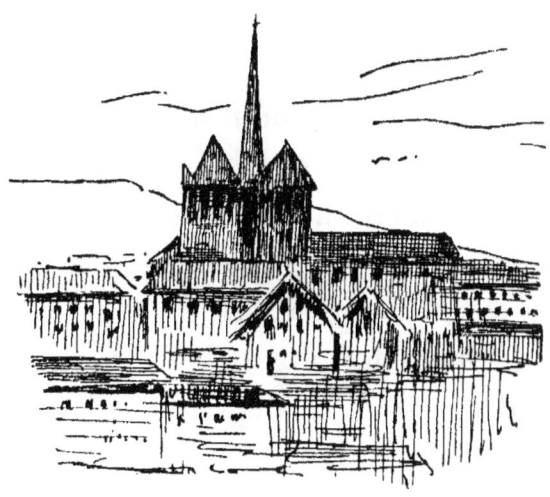

A chaque station du grand bateau, les enfants saluent les riverains.

— Nous serons bientôt à Genève.

De loin, on aperçoit les jetées, puis les deux clochers et la haute flèche de la Cathédrale, le sommet des arbres de l'île Rousseau. Voici notre chère ville ! « Hourrah ! » s'écrient les enfants qui se sont levés.

On aperçoit le Jardin anglais et le Grand-Quai, et sur le quai les papas, les mamans, les frères, les sœurs qui accompagnèrent les enfants au moment du départ.

Eux n'ont pas beaucoup changé. Le travail incessant les a laissés les mêmes, plus fatigués peut-être...

Mais quelle joie pour eux quand ils reconnaissent dans ces beaux garçons bien portants les enfants chétifs d'autrefois.

On se salue, on s'envoie des baisers, on agite les mouchoirs, on rit et l'on pleure aussi... mais de joie !

Mademoiselle a déjà, dans le bateau, pris congé de ses chers petits « colons ».

Mais, au débarcadère, elle est entourée par de nombreux parents qui veulent lui serrer la main et la remercier d'avoir pris soin de leurs enfants pendant ce beau temps de vacances. La mère de Charlot est là, elle aussi, et tandis que Mademoiselle lui dit avec affection : « Vous avez là, Madame, un bon petit garçon », celui-ci se jette dans les bras de sa maîtresse en s'écriant : « Je vous aime de tout mon cœur ! »

TABLE DES MATIÈRES

BIBLIOTHÈQUE de la MAISON

Une collection de beaux volumes toujours plus appréciés et qui voit son succès grandissant chaque année. Recommandée pour toute bibliothèque de famille.

Chaque volume relié toile rouge, richement doré sur plat et au dos, tranches dorées.

Prix de chaque volume : 3 fr. 50, relié.

Pour la Jeunesse et pour lire en Famille :

La Famille Pfäffling, par *A. Sapper.*

Tsar et Napoléon, par *D. Alcock.* Récit du temps de 1812, 368 pages.

El-Dorado, par *D. Alcock.* Récit du XVIᵉ siècle ou Scènes des persécutions en Espagne, 380 p.

Tante Hanna. Souvenirs d'une vaillante femme, par le Dr *W. Busch,* 189 pages.

Ceux d'autrefois, par *Jan Maclaren,* 274 pages.

Trenner le joyeux compagnon, par *S. Keller,* 307 p.

Victor et Victoria, par *Ch. Sheldon,* 289 pages.

Georges Müller, sa vie et son œuvre, par *Ch. Challand,* 264 pages.

Nina, nouvelle suédoise, par *Runa.* 246 pages.

Pour les Enfants :

Les petits Colons du Jura, par Mᵐᵉ *Carmagnola,* avec 34 gravures.

Péterli au lift, par *N. Boll.* 158 pages.

Histoires des quatre saisons, par *H. Pluviannes,* avec 20 dessins de Ch. Meltzer, 244 pages.

Enfant de Cœur, par Mˡˡᵉ *Tabarié,* 324 pages.

Flossette, par Mˡˡᵉ *Tabarié,* 324 pages.

Rosa, par Mᵐᵉ *de Pressensé,* 325 pages.

ÉDITION JEHEBER - 28, Rue du Marché, GENÈVE

Imprimerie Albert Kundig, Genève.

RICHARD

LES PETITS
COLONS
DU JURA

*

2 fr. 50

GENÈVE

J.-H. JEHEBER

ÉDITEUR

www.ingramcontent.com/pod-product-compliance
Lightning Source LLC
Chambersburg PA
CBHW050355030726
47503CB00006B/1873